KB040849

책쓰기

책쓰기

초판 1쇄 발행 _ 2020년 4월 20일
초판 2쇄 발행 _ 2020년 6월 1일

지은이 _ 이은대

펴낸곳 _ 바이북스
펴낸이 _ 윤옥초
책임편집 _ 김태윤
책임디자인 _ 이민영

ISBN _ 979-11-5877-161-4 03800

등록 _ 2005. 7. 12 | 제 313-2005-000148호

서울시 영등포구 선유로49길 23 아이에스비즈타워2차 1005호
편집 02)333-0812 | 마케팅 02)333-9918 | 팩스 02)333-9960
이메일 postmaster@bybooks.co.kr
홈페이지 www.bybooks.co.kr

책값은 뒤표지에 있습니다.

책으로 아름다운 세상을 만듭니다. ― 바이북스

미래를 함께 꿈꿀 작가님의 참신한 아이디어나 원고를 기다립니다.
이메일로 접수한 원고는 검토 후 연락드리겠습니다.

하루 30분 책쓰기가 만드는 기적

책쓰기

이은대 지음

바이북스
ByBooks

나는 쓰는 사람입니다

책을 쓰는 본질은 사람에 있다. 나의 경험과 지식을 바탕으로 타인에게 도움을 주는 행위다.

사람은 자신과 비슷한 경험에 공감한다. 시청률 높은 드라마 대부분 주제가 사랑과 가족인 이유다. 맞아! 나도 그랬는데! 얼마나 마음이 아플까. 얼마나 기쁠까.

공감은 가슴을 따뜻하게 만든다. 살아갈 힘을 주고받는다. 삶의 이야기보다 더 극적인 영화나 드라마는 없다. 각자의 삶은 가치 있고 위대하며 사랑받을 자격이 충분하다.

책을 썼다. 책을 읽었다. 그리고 모든 것이 달라졌다.

경험을 나누고자 한다. 이 책을 손에 든 사람들이 한 줄이라도 쓰고 읽으면서 나에게 온 기적 같은 삶을 함께 경험할 수 있기를 바란다.

1장에는 평범한 일상에서 찾은 가치와 의미를 적었다. 대수롭지 않은 하루는 없다. 쓰지 않는 하루만 있을 뿐. 글로 적으면서, 책에 담는 과정에서, 삶의 모든 순간이 아름답고 소중하다는 사실을 깨달을 수 있었다. 잘 썼다는 평가를 기대하지 않는다. 가슴에 닿는다는 말도 바라지 않는다. '이렇게 쓸 거면 나도 얼마든지 쓰겠다!' 독자들 마음이 이랬으면 좋겠다.

2장에서는 글쓰기와 책쓰기를 어려워하는 이들을 위해 몇 가지 조언을 적었다. 조언이라고는 하지만, 내게 그럴 만한 자격이 있는지 솔직히 자신 없다. 해서, 가르치려 들지 않았다. 나의 경험이 도움되길, 또 내가 겪었던 시행착오를 참고하여 같은 실수를 범하지 않길 바라는 마음으로 정리했다.

새벽 시간의 중요성은 3장에 담았다. 늦은 밤이든 이른 아침이든 각자에게 맞는 시간이 있다. 새벽은 어디까지나 내가 선호하는 시간이다. 공감하는 사람이라면 새벽을 함께 여는 것도 좋고, 그렇지 않은 독자라면 자신만의 시간을 선택하면 되겠다. 어느 시간대가 더 좋다, 굳이 새벽이어야 하는가…… 쓸데없는 논쟁이다.

4장에는 한순간 모든 것을 잃고 삶의 바닥까지 떨어져 죽음만을 생각했던 내가 책쓰기를 통해 새로운 삶을 살게 된 이야기를 솔직하게 고백했다. 힘든 시기를 겪고 있는 사람들이 자신의 아픔과 상처를 고통으로만 생각지 말고 세상과 타인을 도울 수 있는 '스토리 씨앗'으로 엮어낼 기회라 여겨준다면 더 바랄 게 없겠다.

마지막 장에는 핵심 주제를 담았다. 글을 쓰고 책을 출간하는 과정에서 마주치게 되는 여러 종류의 벽을 어떻게 넘어야 하는가에 대해 풀어냈다. 책을 쓰려는 사람들에게 동기를 부여하고 그들이 의지를 단단하게 가지는 데 도움이 될 거라 믿는다. 무엇보다, 순간적인 충동과 열정으로 시작했다가 사흘을 넘기지 못하고 포기하는 예비 작가들에게 끝까지 쓸 수 있는 힘을 주고 싶었다.

살기 위해 썼다. 어쩌다 작가가 되었다. 경험을 나눴다. 강연가가 되었다. 상상도 짐작도 하지 못했던 일이 일어났다. 삶은 달라졌고, 무엇보다 나는 지금 행복하다. 세상 모든 사람이 글을 쓰고 책을 출간하면 좋겠지만, 모두가 내 마음 같을 수는 없다. 이 책을 손에 들었다면 아마도 글쓰기나 책쓰기에 관심 있는 독자일 터다. 쓰기를 향한 열망과 타인을 위하는 마음이 같고, 내면으로의 항해에 기꺼이 동행할 의지가 있다면 당신에게도 책쓰기의 기적이 반드시 일어나리라 믿는다.

2020년 봄날, 간절한 마음으로

이은대

차례

chapter **4**

쓰고 읽었다,
모든 것이 달라졌다

chapter **5**

쓰는 삶을 위하여

chapter 1

일상이
책쓰기다

할아버지와 케이크

햇살 좋은 창가에 자리 잡았다. 작은 샌드위치와 우유를 테이블에 올려놓고 노트북을 펼쳤다. 강의 시작까지는 두 시간의 여유가 있다. 배를 채우고 글 쓰면서 오후의 여유를 즐겼다. 글 쓰는 사람은 노트북이나 빈 종이를 마주할 때가 가장 기쁘고 설렌다(물론 백지의 공포도 함께다). 오늘은 또 어떤 이야기가 내 삶에 남을 것인가. 그로 인해 나는 또 얼마나 가슴 벅찰 것인가.

빵을 사려는 사람들이 쉴 새 없이 들락거리고, 계산대에서는 주문 주고받는 소리가 끊임없다. 눈도 마음도 손끝에 가 있지만, 귓가에 스치는 사람들의 소음이 여기가 세상임을 온몸으로 느끼게 해준다.

먹는다는 것은 생명 유지의 본능이다. 빵집에서 빵을 사는 단순한 행위를 종족 번식과 명을 유지하는 거창한 인류학과 연결 짓고 보니 뭐라도 쓸 수 있을 것 같았다. 손이 빨라졌다. 순식간에 사라지는 단어를 붙잡아 백지 위에 옮긴다. 바로 이때가 내가 살아 있음을 느끼는 강렬하고도 짜릿한 순간이다.

딸그랑 소리가 제법 길게 울렸다. 대부분 문을 급히 열기 때문에 출입문 종소리는 언제나 딸랑딸랑 촐싹거리기 마련인데, 이번에는 꽤 길게 여운을 남겼다. 곁눈질로 슬쩍 돌아보니, 아니나 다를까 머리가 허연 노인이 지팡이를 짚고 힘겹게 들어서고 있었다. 느리지만 당당한 걸음이었다.

마음이 포근해졌다. 걷기조차 힘겨워 보이는 할아버지가 빵집을 찾았다는 것은, 필시 손주 녀석들을 위함이겠지. 철도 없고 개구쟁이 짓에 여념 없을 손주겠지만 노인의 눈에는 세상 더 없을 보석일 터다.

"케이크 하나 주쇼."

가래가 잔뜩 낀 거친 목소리였다. 온 힘을 다해 한마디씩 뱉어냈다. 지극정성이다. 아무리 귀한 손주라 하지만, 굳이 직접 와야 했던 걸까. 돈 몇 푼 쥐어주면서 맛난 거 사 먹어라 했어도 될 일을.

함께 시간을 보낸 적이 거의 없었기 때문에 나는 할아버지와 할머니에 대한 기억이 별로 없다. 부모가 자식 챙기는 정성 못지않게 할아버지와 할머니도 손주를 아끼고 애틋하게 여긴다는 주변 사람들의 말을 들어보면, 역시 핏줄에 대한 강렬한 집착은 어쩔 도리가 없구나 싶은 생각이 든다.

"초는 몇 개나 드릴까요?"

다시 집중해 글을 쓰려던 찰나 빵집 직원의 질문이 들렸고, 천천히 그리고 힘겹게 쥐어짜는 노인의 답변이 이어졌다.

"여든······여덟 개······."

노트북 자판에 올려뒀던 두 손이 힘없이 무릎으로 떨어졌다. 노인이 서 있는 쪽으로 고개를 돌릴 수가 없었다. 나는 순간 얼어붙고 말았다.

왜일까. 왜 나는 손주라고만 생각했을까. 왜 한 치의 의심도 하지 못했을까. 머리가 허옇게 센 할아버지가 사는 케이크. 아내에게 줄 수도 있는 것 아니겠느냐는 짐작을 왜 털끝만큼도 하지 못했던 걸까.

노인은 한 손에 케이크 상자를 들고 다른 한 손으로는 지팡이를 짚으며 한 걸음씩 조심스럽게 빵집을 나섰다. 집까지 가는 길이 멀고 험할 것이다. 허나, 노인의 마음은 집에 도착하는 순간까지 행복하고 충만할 테지. 케이크를 받아 든 아내의 표정, 그 할머니의 푸근한 미소가 그려진다.

다양한 곳을 다니며 여행하고 새로운 풍경과 사람들을 마주하며 흔치 않은 느낌을 깨우는 것이 글 쓰는 사람에게는 중요하다. 그렇게 배웠고, 그렇게 읽었으며, 그렇게 가르친다.

그러나 이보다 훨씬 더 중요한 것은, 일상을 다르게 볼 줄 아는 눈이다. 어느 작가의 말처럼, 여행은 여러 곳을 같은 눈으로 보는 게 아니라, 같은 곳을 여러 개의 눈으로 보는 거라고.

글을 쓰고, 글쓰기를 가르친다는 사람이 어찌 이리도 그릇이 닫혀 있을까. 한심하고 어리석게 느껴져 고개를 들 수가 없었다. 여든 넘은 노부부의 매력적인 러브스토리를 통해 사랑이라는 단어가 가진 무한한 힘을 깨닫는 시간이었다.

내 나이 여든일 때, 누군가를 위해 선물을 사는 예쁜 마음 여전할까 생각해본다.

글을 쓰면 세상이 보인다. 스쳐 지나는 사람의 머릿결도 보이고, 지하철에 앉은 남녀의 대화도 들린다. 공원 벤치에 앉은 양복 입은 남자의 뒷모습에서 삶의 무게를 보기도 하고, 마트에서 물건을 집었다 놓는 아주머니의 손길에서 팍팍한 현실을 느끼기도 한다.

세상은 딱 보는 만큼만 보이기 마련이다. 쓰고 읽을수록 눈은 커지고 세상은 넓어진다. 책을 쓰는 이유는 내가 보고 들은 세상을 나누고자 함이다. 우물 안에서 경험한 이야기보다 넓은 세상에서 겪은 다양한 이야기가 더 힘을 갖는다. 쓰다 보면 보이고, 많이 볼수록 더 잘 쓰게 된다.

펜을 가진 사람의 매력은 세상을 좌우하는 권력이나 명예가 아니다. 아직도 우리 주변에는 삶 자체가 힘겹고 고달픈 이들이 여전하다. 그들에게 조금이라도 힘이 되고, 위로와 격려를 전해주는 것이 바로 글 쓰는 사람에게 주어진 몫이다.

　오늘도 내 곁을 스치는 이들의 말과 행동에서 소중한 글감을 길어 올린다.

꿈같은 소리 하고 있네

"2020년에는 반드시 ○○○○를 해낼 겁니다!"

"새해에는 꼭 이룰 거예요!"

"2020년 12월에는 지금과는 전혀 다른 저를 만나게 되실 겁니다!"

작년 12월. 만나는 사람마다 같은 단어를 말했다. 꿈, 목표, 그리고 다이어리. 새해를 앞둔 이들은 한결같이 들떠 있었다. 말은 빨랐고 얼굴은 상기된 채로. 반드시 해내겠다는 의지가 불타올랐다.

맞다. 열정이었다. 아니, 열정이라고 심하게 착각하고 있었다. 뜨거워진 사람한테 찬물을 끼얹고 싶지는 않지만, 나도 한때 누구 못지않은 착각 속에 살았던 적이 있기에 꼭 짚어주고 싶다. 열정은 뜨거움이 아니다. 지속이다. 무슨 일이 있어도 끝까지 해내겠다는 집념과 끈기. 그리고 매일 실천하는 힘. 결과는 두 번째 문제다. 지치지 않는 힘. 쓰러져도 다시 일어서는 용기와 패기. 이런 것들이 진짜 열정이다.

꿈과 목표는 중요하다. 가야 할 길을 제시한다. 무조건 부딪치는 것보다 방향을 정확히 잡고 가는 것이 현명하고 지혜로운 방법이다. 마땅한 예가 내비게이션이다. 목적지를 정확히 입력하기만 하면 어느 곳이든 정확히 길을 안내한다. 운전자가 해야 할 일은 안내에 따라 운전을 하는 것뿐.

문제는, 운전을 해야 한다는 거다. 아무리 정확한 목적지를 입력해도 출발하지 않으면 소용없다. 가다가 멈춰도 헛물이다. 꿈과 목표는 핸들 붙잡고 액셀러레이터 밟을 때만 의미가 있다.

꿈이 없는 사람은 빨리 늙는다고 하고, 목표가 없는 사람은 허공에다 활을 쏘는 것과 같다는 등 꿈과 목표에 관한 중요성이 유행처럼 번졌다. 지금도 다르지 않다. 꿈을 가진 사람은 반드시 이루게 되고, 목표가 명확한 사람은 실패해도 다시 일어선다며 강조한다.

지나쳤다. 꿈과 목표만 가지면 무엇이든 다 이룰 것처럼 받아들였다. 꿈과 목표 세우는 데 에너지를 몽땅 들이붓고 있다.

시험 계획표 작성을 끝내면 마치 공부가 끝난 것처럼 느껴진다. 독서 모임 좋다고 하니까 책은 읽지 않고 모임만 나간다. 미라클모닝은 시계 사진을 찍어 카톡에 올리는 희한한 "기적"을 만들었다.

독서는 하지 않고 책 사진만 찍는다. 운동은 하지 않고 살 빠진다는 약만 먹는다.

본질과 껍데기를 구분해야 한다. 방바닥에 누워 내비게이션 들고 종일 목적지 입력해봐야 서울역까지 한 발짝도 다가설 수 없다.

2018년 여름, 열 명의 공저를 맡아 진행한 적 있다. 작은 성공이라는 자신들의 경험을 고루 담아 책으로 내고 싶다며 도움을 청해왔다. 생각할 필요도 없었다. 쓰겠다는데 도와주지 못할 이유가 없지 않은가.

리더와 긴 통화를 했다. 주제를 고민하고 콘셉트를 정했다. "이렇게 쓰세요!"라고 얘기해봐야 소용없겠다 싶었다. 이왕 도와줄 거라면 확실하게 하자. 제목과 목차까지 기획했다. 방향과 틀이 정해졌으니 한결 쓰기 수월할 거라 생각했다.

첫 미팅을 마치고, 각자 초고를 써서 열흘 뒤에 다시 만나기로 했다. 결과는 최악이었다. 두 번째 미팅이 있던 날. 초고를 가지고 온 사람은 두 명뿐이었다. 나머지 여덟 명은 아예 시작조차 하지 않았다. 기가 막혔던 것은, 여덟 명의 다이어리와 스마트폰에 '초고 완성!'이라는 메모가 시뻘건 별표와 함께 적혀 있었다는 사실. 선명하고 정확했다. 목표는 하나였다. 꿈도 다르지 않았다. 핑계와 변명은 여덟 개였다.

그럴듯한 말을 자기방어 기제로 사용하면 망한다. 꿈을 가져야 한다는 말을 꿈만 가지면 된다는 뜻으로 해석하지 말기를. 목표를 세워야 한다는 말을 목표만 세우면 전부 이뤄진다는 뜻으로 풀이하지 않기를. 다이어리 구입과 다이어리 작성을 혼동하지 말기를.

세상 모든 명사는 반드시 동사를 전제한다. 정상은 등산을 전제하고, 골은 슛을 전제하며, 비상은 날갯짓을 전제한다. 합격에는 공부가 필요하고, 다이어트에는 운동이 필수이며, 성공에는 노력이 기본이다.

쓰지 않는 작가는 없다. 작가가 되고 싶다면 방법은 하나다. 지금 당장 글을 쓰는 것. 8년 동안 한 우물만 팠다. 막노동 현장에서 삽질하면서도 '쓰기'만 고민했다. 다른 방법 있다면 내 손에 장을 지진다.

대수롭지 않은 순간들이 주는 황홀함

비가 내렸다. 우산을 들고 있었지만 펼치지 않았다. 펼칠 힘조차 없었다. 황홀경! 주변 사람들이 뛰기 시작한다. 가방이나 책을 머리 위에 얹고 건물 아래 혹은 지하철 입구로 내달렸다. 나는 그 자리에 가만히 서서 고개를 들고 하늘을 올려다봤다. 눈을 크게 뜨지는 못했지만, 있는 힘을 다해 쏟아지는 비의 장관을 쳐다보았다.

오래전, 그날도 비가 내렸다. 오후 두 시쯤인가. "콰광!" 하는 소리와 함께 몇 번인가 번쩍임이 있었다. 마른하늘에 날벼락. 그리고는 잠시 후 폭우가 쏟아졌다. 사람들이 하나둘 자리에서 일어났다. 슬금슬금 창가로 향했다. 우리는 모두 입을 닫은 채 창문 밖 내리는 비를 바라보았다. 가장 먼저 눈물을 흘린 건 나였다. 두 사람이 더 울긴 했지만, 아무도 우리를 향해 뭐라 하지 않았다. 비슷한 심정,

아픈 마음, 후회와 회한, 사무치는 그리움…… 그랬다. 비는 퀴퀴한 방 안에 모여 있는 사람들의 마음을 깊숙이 찔렀다.

창살은 바둑판보다 더 오밀조밀하게 엮여 있었다. 손가락 하나 겨우 빠져나갈 정도였다. 그 틈새로 비를 보았다. 비가 그렇게 땅을 향해 내리꽂는 저돌적인 물방울인 줄 처음 알았다. 바닥에 닿는 순간의 마찰음이 그리도 서정적으로 들릴 줄 미처 몰랐다. 비는 소리로 바뀌었다가, 다음엔 향기로 나를 괴롭혔다. 흙과 섞인 비의 향이 창을 타고 들어왔다. 그래! 기억났다. 어릴 적 친구들과 뛰어놀다가 소나기를 만났을 때. 바로 이 냄새가 물씬 났었다. 풍경과 소리와 냄새. 창을 뚫고 나가 저 비를 온몸으로 맞고 싶다는 충동이 치밀었다. 그제야 비로소 깨달을 수 있었다. 하늘에서 내리는 건 비가 아니라 축복이란 사실을.

누군가 물었다.

"맨 처음, 그러니까 감옥에서 글을 쓰기 시작했다고 하셨는데요. 그때 가장 힘들었던 점이 무엇이었나요?"

질문의 의도는 뻔했다. 심정이 어땠는지, 누가 가장 그리웠는지, 글쓰기에 있어 어떤 점이 가장 어려웠는지, 누가 괴롭히지는 않았는지, 삶에 대한 회한은 어느 정도였는지, 뭐 그런 종류의 답변을 기대했겠지. 하지만 내 대답은 한결같았다.

"의자가 간절했어요!"

누울 수 없었다. 엎드릴 수도 없었다. 늘 앉은 상태로 머리를 방바닥에 처박고 글을 썼다. 피가 거꾸로 쏠렸다. 10분마다 한 번씩 고개를 들었다. 얼굴이 시뻘게졌다. 손도 저렸다. 나는 그렇게 하루 열다섯 시간 글을 썼다. 같지도 않은 글. 두 번 읽기 민망할 정도의 낙서를 매일 끄적였다.

글쓰기/책쓰기 수업을 진행하면서 많은 질문을 받는다. 처음에는 도무지 이해할 수가 없었다. 어느 지역에 가나 똑같은 질문이 반복되었다. 블로그나 메일을 통해 만나는 질문도 다르지 않았다.

"어떻게 써야 하나요?"

뭘 어떻게 써? 손으로 쓰는 거지.

강의를 준비하면서 한 번도 염두에 두지 않았던 질문. 당황스럽고 곤혹스러웠다. 이걸 대체 어찌 설명해야 하는 건가.

고민 끝에 솔직하게 답하기로 했다. 그냥 쓰세요! 닥치고 쓰세요! 지금 생각해보면, 내가 질문을 받았을 때 느꼈던 당황스러움 못지않게 어이없는 답변이란 생각이 든다. 그러나 진심은 언제나 통하는 법. 강의를 들은 사람들은 다행스럽게도 내 말의 뜻을 헤아려주었다.

1년 6개월 동안 머리를 땅에 처박고 글을 썼던 나는, 책상과 의자와 노트북을 가진 사람들이 쓰지 못하는 이유를 이해할 수 없었다. 가끔은 화를 내기도 했다. 인생에 기름기가 너무 많이 끼어 있어서 별 게 다 시련이고 고난이구나.

집으로 돌아온 날, 십 년도 넘은 구닥다리 노트북을 꺼내 펼치고 책상 앞에 앉았다. 의자에 등을 기대고 두 손으로 키보드를 두들기기 시작했다. 그때의 기쁨과 환희를 어찌 말로 표현할 수 있을까.

가끔 글쓰기 싫다거나 게으른 마음이 생길 때면 나는 어김없이 방바닥에 노트를 펼쳐놓고 다시 얼굴을 바닥에 처박는다. 피가 거꾸로 쏠리고 팔이 저려오면 다짐한다. 책상에다 노트북을 펼쳐놓고 의자에 앉아 등을 기댄 채 쓸 수 있다는…… 믿을 수 없는 축복을 발로 차지 말자고.

코로나19라 불리는 신종 바이러스 때문에 바깥출입이 조심스럽다. 답답하다. 짜증난다. 자유롭게 여기저기 걸어 다닐 수 있는 자유가 그립다. 잃고 나면 간절해진다. 고마운 줄 알고 살아야 한다. 더 가지고 더 바라기보다 지금 내가 가지고 누리는 것들이 얼마나 감사인지 매 순간 놓치지 말아야 한다.

일상이 기적이 아니라면, 일상에서 빛을 찾을 수 없다면, 평범하고 소박한 하루가 축복이 아니라면, 대체 우리가 살아갈 이유가 무엇이겠는가!

4

못된 것만 배워가지고

인터폰이 울렸다. 아파트 관리실.

"○○○○ 차주 되시죠? 잠깐 내려오셔야겠는데요."

분위기가 심상치 않았다. 가족의 염려를 뒤로하고 서둘러 관리실로 내려갔다. 관리소장을 비롯해 직원들과 경찰 두 명까지. 작은 모니터 앞에 모여 서 있었다. 그중에는 관리실 직원이 아닌 듯한 남자도 보였는데, 그가 먼저 말문을 열었다.

"대구 1234. 이 차 소유주 맞지요? 남의 차를 긁어놓고 아무 조치도 없이 그냥 가면 어떻게 합니까! 전화를 하든 메모를 붙여놓든 뭐라도 했어야지요!"

이미 화가 많이 나 있었다. 대답보다 모니터를 먼저 봤다. 우리 차가 보였다. 주차하는 도중에 옆 차를 살짝 긁는 모습이 선명하게 보였다. 사태를 짐작할 수 있었다.

어젯밤, 나는 늦게 돌아왔다. 친구들을 만나 식사를 했다. 주차할 때, 아무런 느낌이 없었다. 옆 차를 긁었다는 사실을 알았다면 절대로 모른 척하지 않았을 거다. 감각이 무뎌졌나 보다. 정중히 사과했다. 자초지종을 설명했다. 수리비를 보상하는 선에서 일을 수습했다.

집으로 올라와 가족에게 간단히 설명했다. 별일 아닌 것처럼. 문제는 그때부터였다. 화가 났다. 내 차 앞 유리에는 크고 선명하게 전화번호를 적어두었다. 바로 옆에 주차해두었으니까, 나한테 전화만 한 통 했어도 해결 가능한 일이었다.

'아니, 같은 아파트 살면서 이웃 간에 무슨 CCTV까지 확인하냐. 내가 차를 부순 것도 아니고, 티도 안 날 만큼 살짝 긁힌 것뿐인데. 내 참 어이가 없네. 이거 무슨 뺑소니 취급하는 것도 아니고. 관리실 직원들도 그렇지. 옆에 세워둔 차 주인한테 인터폰 한 번씩만 해봐도 금방 알 수 있는 일을, 죄인 잡듯 경찰까지 부르고……'

예민해졌다. 경찰만 봐도 몸이 오그라든다. 길에다 침 뱉는 일도 없고, 횡단보도도 함부로 건너지 않는다. 피해 의식이 있어서인지, 점점 더 속이 상했다.

그로부터 며칠 후. 이번엔 또 다른 일이 생겼다. 급한 볼일이 생겨 주차장으로 내려갔다. 운전석 문을 열려던 찰나, 가로로 쭈욱 긁힌 흔적을 발견했다.

"웬 놈이 내 차를 긁어놨네! 잘 걸렸다! 내가 이 새끼를 그냥!"

다시 확인했다. 개미 눈물만큼이긴 하지만, 틀림없이 누군가 긁은 거다. 슬쩍 보면 표시도 나지 않는다. 별일 아닌 것으로 여기고 넘어가도 될 일이었다. 그러나 나는 씩씩거리며 관리실로 향했다.

한바탕 소란이 일었다. 관리실에서는 경찰까지 불러 다시 CCTV를 확인해야 했고, 내 차를 살짝 긁은 차주는 죄인처럼 허리를 굽신거렸다. 큰 잘못을 저질렀기 때문이 아니라, 일이 너무 크게 벌어졌기 때문이었다. 화를 내며 소리를 지른 내 태도도 한몫했을 테고. 한 시간 정도 소란 끝에 모든 일이 마무리되고 집으로 돌아왔다. 확실히 보여주었다. 당한 만큼 돌려준다! 나만 당하고 살지는 않을 테다!

TV나 SNS를 통해 갑질의 행태를 종종 본다. 혀를 차고 분노하고 주먹을 쥔다. 그들의 모습은 짐승의 그것에 다름 아니다. 갑질이란 무엇인가. 자신이 가진 지위와 권력을 이용해 낮은 곳에 처한 사람을 함부로 대하는 행위. 가진 자가 약한 자를 누르고 억압하는 물적 심적 폭력의 형태이다.

피해를 입은 사람이 가해자에게 마땅한 사과와 응당한 보상을 요구하는 것은 지극히 정상적이고 합리적인 자유민주 사회의 기본이다. 눈에 보이지도 않을 만큼 작은 흠집 때문에 이웃 간에 두 번의 소란이 일어났다. 경찰을 부르고 CCTV를 확인하고 범인(?)을 잡아 사과와 배상을 받았다. 정당하고 옳은 일인가? 아니면 갑질인가!

나 때문에 피해를 입었다는 그 남자가 굳이 관리실을 찾지 않고 옆에 세워둔 차 연락처로 전화부터 했더라면 어떻게 되었을까? 나는 아마도 다를 바 없이 사과를 했을 테고 보상도 치뤘을 거다. 그렇다고 해서 그 남자를 원망하지는 않는다.

내가 바라는 진짜 해피엔딩은 다른 모습이었다. 비록 나는 실수에 비해 훨씬 큰 대가를 치렀지만, 내 차가 긁힌 사건에 대해서는 웃으며 넘길 수도 있었다.

'뭐, 그럴 수도 있지. 별로 표시도 나지 않는데. 내가 그때 일을 치러보니까 마음이 많이 안 좋더라. 내 차 긁은 사람도 아마 몰랐을 거야. 사과, 보상, 이런 거 생각지 말자. 내일 세차나 해야겠다.'

좋은 마음은 좋은 마음을 낳는다. 이등병 때 당했으면 '다른' 병장이 되어야 하고, 며느리 때 당했으면 '다른' 시어미가 되어야 한다. 당한 만큼 돌려준다는 생각은 결코 더 나은 세상을 만들지 못한다.

동사무소에 가면 "요즘 공무원들이 말이야!" 소리를 지르고, 서비스 센터에 가면 "대기업이 이래도 되는 거야?" 화부터 낸다. 어딜 가도 기 펼 만한 곳 없으니까 만만한 게 공공시설이고 대기업이다.

약자의 말에 귀 기울이다 보니 요즘 세상 '사장님'들은 전부 나쁜 놈처럼 보인다. 적어도 내 주변에는 본인 문제가 더 심각한 '퇴

사자'들이 훨씬 많다.

당한 만큼 돌려준다는 생각을 품고 살면 '내'가 제일 괴로운 법이다. 갑질도 무서운 세상이고, 약자의 권리를 앞세워 누군가의 가슴에 못 박는 일도 할 짓이 아니다. 보이는 대로 들리는 대로 진실여부에 무게 두지 않는 습관이 사회를 힘들게 만든다. 못된 것만 배우지 말고, 그 못된 것 내 선에서 바꿀 수 있는 용기와 아량이 필요한 때다.

5

길, 그리고 사람

팻 바이크를 탄다. 바퀴가 웬만한 오토바이의 그것만큼 굵다. 속도는 느리고 힘은 더 든다. 대신, 거친 길을 달릴 때만큼은 거칠 것이 없다.

주변에는 자전거를 탈 만한 곳이 많다. 팔거천 양쪽으로 쭉 뻗은 길은 주민들에게 최고의 산책로다. 자전거 도로는 말할 것도 없다. 조금만 시간을 들여 외곽으로 나가면 신천을 만난다. 산책, 운동, 자전거 등 편의시설로 최고다.

이 두 곳을 주로 다닌다. 팻 바이크의 특성상 일단 나가기만 하면 사람들의 시선을 끈다. 운동할 맛도 난다. 제대로 운동도 된다.

팔거천 공원이 아직 완성되지 않았을 때. 한참을 달리는데도 앉아 쉴 만한 벤치가 보이지 않았다. 다리는 아프고 목도 말랐다. 자전거를 세우고 땅바닥에 털썩 주저앉았다. 눈앞에는 하천이 흐르고 주변에는 코스모스가 하늘거렸다. 시원한 물로 목을 축이고, 땀에 젖은 모자와 점퍼를 벗었다. 휘파람이 절로 났다.

앉아 쉴 만한 벤치를 찾을 필요는 애초부터 없었다. 그냥 땅바닥에 등 붙이고 누워도 그만이었다. 무엇이 더 필요하겠는가.

"아따! 그 놈 발통 한 번 요란스럽네!"

나이 지긋한 할아버지 한 분이 곁에 자전거를 세우며 말을 걸었다. 팻 바이크를 이리저리 살피며 사진도 찍었다. 꽤나 신기하게 보였나보다.

"이거는 이름이 뭐꼬?"

"예. 팻 바이크라고 합니다. 바퀴가 굵다는 뜻이지요."

"굵기는 굵네. 이거 시룰라카마 여간 힘든 기 아일낀데."

"운동하기에는 딱 좋습니다. 뭐 빨리 갈 일도 없고요. 이야! 근데 어르신 운동 많이 하시나 봐요. 장단지가 제 자전거 바퀴만 하네요."

꽤 오래 운동하신 분 같았다. 군살이 하나도 없었고, 곧게 뻗은 다리는 근육과 힘줄이 근사하게 조화를 이뤘다.

"한 삼십 년 탔지 아마. 운동이고 뭐고 그런 거 생각할 시절도 아니었지. 일한다꼬 탔다 아이가. 맨날 타다 보이 인자는 어딜 가도 자전거 없으마 몬 간다."

말을 마친 할아버지는 등을 돌려 자전거를 타고는 자리를 떠나

셨다. 그 뒷모습이 얼마나 멋져보이던지 한참동안 눈을 떼지 못했다. 말투와 흰 머리로 짐작컨대 일흔은 넘으신 듯했지만, 자전거 타는 모습만 보면 스무 살 청년과 비교해도 모자랄 게 없겠다 싶었다.

일 때문에 타기 시작했다……. 삼십 년 전 할아버지는 어떤 일을 했을까? 돈을 벌어야 했고 가족의 생계를 책임져야 했을 테지. 땀 흘리며, 손에 굳은살 배겨가며, 오르막 내리막 수도 없이 달리고 또 달렸을 테다. 열심히 살아온 할아버지는 다리도 심장도 튼튼하겠지만, 무엇보다 당신 가슴 떳떳한 것이 최고의 자랑 아니겠는가.

자전거를 타면 길을 만난다. 가끔 사람도 만난다. 적당한 자리와 평탄한 길을 고르고 따질 필요가 없다. 힘들면 멈추고 아프면 쉬어간다. 자전거를 타는 이유는 목적지가 아니라 달리고 멈추는 자체다. 길을 고르고 멈출 곳을 찾는 만큼 자전거 타는 묘미는 줄어든다.

산에 가면 산을 좋아하는 사람을 만난다. 자전거를 타면 자전거를 사랑하는 이를 만난다. 낯선 사람과 말을 섞다보면 우연찮게도 많은 것을 배우고 깨닫게 된다. 각자의 인생에는 이야기가 있기 때문에. 삶의 모습은 누구를 만나든 세 가지를 품고 있다. 사랑이 있고, 아픔이 있고, 흔적이 있다. 무시할 사람도 없고 미워할 사람도 없다. 바퀴의 굵기와는 상관없다. 둥글게 굴러가는 게 인생이겠지. 돌도 만나고 웅덩이도 만나고. 때론 넘어지기도 하고.

잘 써지지 않을 때가 있다. 첫 줄부터 막히는 때도 많다. 그럴 때마다 자전거를 떠올린다. 무리하게 달리려 하지 않는다. 잠시 멈추고, 아무 곳에서나 털썩 주저앉아 하늘과 강과 바람을 본다. 글 쓰는 이유가 '빨리'에 있지 않고 '오래'에 있음을 깨닫는다.

사람을 떠올릴 때도 많다. 그들의 삶을 글에 담으면 어떤 이야기가 펼쳐질까. 세상 하나뿐인 이야기. 쓰지 않고 저물어버린다면 얼마나 아쉽고 서운할까.

이런저런 생각을 한 후에 다시 펜을 잡으면, 펜 잡은 내 손이 전보다 훨씬 따뜻해진 것 같은 느낌이 든다. 그 예쁜 기운이 독자에게도 전해지면 좋겠다.

아들이 어렸을 적. 아직은 말도 똑 부러지게 하지 못하던 네 살 때였다. 외식을 하러 가기 위해 지하 주차장에서 차를 빼놓고 아내와 아들을 기다렸다. 1층으로 내려온 아내와 아들은 내가 있는 쪽으로 곧장 오지 않고 아파트 화단에서 머뭇거렸다. 무슨 일인가 싶어 가까이 다가갔다.

"참새야! 날아라! 날아라!"

어린 아들은 화단에 옹기종기 모여 앉은 참새를 손으로 휘휘 저으며 외치고 있었다. 그때 녀석의 표정을 잊을 수가 없다. 세상 모든 기쁨과 행복을 온몸으로 느끼고 있는 듯한.

문만 열면, 고개만 돌리면, 흔하게 볼 수 있는 참새다. 어린 아들에게는 전부였다. 송편 같은 작은 손으로 "참새를 날 수 있게 만든다"는 사실에 신이 났나 보다.

나는 어땠을까. 아버지와 어머니 말씀으로는 '물'에 환장했다고 한다. 비가 내리는 날에는 밖으로 나가자며 떼를 썼고, 목욕탕에라 도 갈라치면 그날은 세상 다 가진 아이가 되었단다. 장난감을 사달 라고 조르거나 뭔가 못마땅해 소리 지르며 울 때는 붉은 고무통에 다 물을 받아 풍덩 집어넣는 것이 최고의 해결책이었다니.

지금도 비를 좋아하기는 한다. 어릴 적과는 전혀 다른 분위기다. 왠지 모를 쓸쓸함과 고독에 젖는 기분. 행복이라기보다는 우울 모 드에 가깝다. 그냥 그런 감정 상태가 좋다. 차분해지고 고요해지는 듯하다.

지금도 어릴 적 감정을 그대로 느낄 수 있다면 얼마나 좋을까. 힘들고 어려운 일 생길 때마다 고무통에다 물 받아놓고 풍덩 빠져 들면 온갖 시름 다 잊을 수 있을 텐데.

지금 아들은 고등학교 진학을 앞두고 있다. 참새를 좋아하냐고? 관심 없다. 참새가 떼 지어 창문을 뚫고 들어온 데도 스마트폰을 놓 지 않을 거다. 참새야 날아라 외치던 작고 예쁜 아이는, 어느새 훌쩍 커버려 낭만과 동심을 잃고 공부와 게임이 하루의 대부분을 차지하 는 평범한 청소년에 다름 아니다.

어릴 적 내 모습을 떠올려본다. 틈만 나면 동네 친구들과 공을 찼다. 롤러스케이트를 탔고, 딱지와 구슬이 전 재산이었다. 하루에 도 수십 번 싸움과 화해를 반복하면서도 가슴에 상처 하나 남지 않았다. 엄마 손을 잡는 것이 좋았고, 아빠 배 위에 올라타면 세상을 다 가진 듯했다.

많이도 웃었다. 은대는 맨날 뭐가 그리 좋으냐. 외할머니는 나를 볼 때마다 그리 말씀하셨다. 슈퍼맨과 스파이더맨을 좋아했다. 할아버지가 나무를 깎아 만들어주신 기다란 막대기 칼을 옆구리에 차고 다녔다. 정사각형 천 보자기 양쪽 끝을 목에 둘러메면 당장이라도 날아오를 것 같은 멋진 날개가 되었다. 가스레인지 위 동그란 불받이는 둘도 없는 자동차 핸들이었고, 동네 공사현장은 휴일만 되면 최고의 작전본부로 바뀌었다.

걸어 다녔던 기억이 별로 없다. 늘 뛰어다녔고 넘어졌다. 다리에 상처가 아물 날 없었다. 부모님은 맞벌이를 하셨고, 지금도 그 시절 나를 돌보지 못한 안쓰러움을 종종 이야기하지만, 나는 아쉬울 것 하나 없는 즐겁고 행복한 때로 기억한다.

어쩌다 한 번씩 내 안에 잠들어 있는 어린 나를 만나곤 한다. 비가 세차게 퍼붓는 날, 심장이 들썩인다. 저 빗속으로 마구 뛰어 들어가 온몸을 적시며 소리를 지르고 싶을 때가 있다. 주변사람 눈치 보지 않고 노래를 흥얼거리고 싶을 때도 있고, 열차 안에서 삶은 계란 까먹으며 수다를 떨고 싶은 때도 있다. 아무데나 머리 기대 잠들고 싶은 때도 많고, 속 시원해질 때까지 펑펑 울고 싶은 날도 많다.

사라진 게 아니다. 달라진 것도 아니다. 그 시절 그 모습. 하나도 변하지 않은 채 내 안에 잠들어 있다는 사실을 나는 안다. 어른이 되면서 많은 걸 배우고 깨달았다 착각하는 동안, 그 작은 아이는 점점 더 웅크리고 눈을 감았을 테지.

핸드백 하나 도토리묵 한 봉지 사가지고 온 날. 환하게 웃으며 먹고 만지는 두 분의 표정과 눈빛을 보면서, 여든의 나이 흰 머리와 주름 속에도 여전히 '작은 아이' 그대로 있음을 선명하게 볼 수 있었다.

기쁠 때 기쁘다고 말할 수 있는 사람. 슬플 때 눈물 흘릴 수 있는 사람. 노래를 부르고 소리를 지르고 두 손을 치켜 올려 하늘 향해 만세 부를 수 있는 사람. 주변 사람보다는 내 안의 작은 아이를 더 챙기고 안아줄 수 있는 사람.

사람이 어찌 마음대로 살아. 온 세상이 한결같이 말한다 해도, 나는 여전히 나를 가장 사랑하고 아껴주는 사람 되고 싶다. 키도 몸집도 작지만, 마음만은 끝없었던. 아이처럼 살고 싶다. 참새야! 날아라!

7.
나무가 좋다

말을 조심해야 하는 사람이 있다. 그들의 앞에 서면 언제나 입보다는 눈이 빨라진다. 눈치를 본다. 농담을 해도 되는 타이밍인지. 농담도 가려가며 해야 하는지. 자칫 마음을 상하게 할까 조심스럽다. 긴장되고 불편하다. 자리가 끝나고 나면 다리에 힘이 풀린다. 두 번 만나고 싶지 않다.

사람 보는 눈은 비슷한가 보다. 내가 불편을 느낀 사람에 대한 다른 사람들의 평가도 다를 게 없다. 모두가 그 사람 험담에 입을 모은다.

사소한 말과 행동에 날을 세우는 사람. 별 뜻 없이 던진 말에 온갖 살을 붙여 사람을 무시한다는 둥 경우가 없다는 둥 뒷말을 일삼는다. 시비를 가리기보다는 차라리 말을 말자 싶다.

반대의 경우도 있다. 어떤 장소에서든 누구와 함께든 마음이 편안해지는 사람. 표정이 밝고 유쾌하다. 에너지를 받는 듯하다. 늘 곁에 있고 싶다. 내 말을 잘 들어주고, 자신의 이야기도 서슴지 않고 한다. 주변이 환한 듯하다.

바쁘다는 핑계로 산을 오르는 횟수가 많이 줄긴 했지만, 그래도 한 달에 두어 번은 꼭 시간을 내어 등산한다. 나무를 만나기 위해서다. 나에게 나무는, 위에서 말한 후자에 해당된다.

편안하다. 나 여기 서 있을 테니 언제든 필요하면 오라. 커다란 둥치가 믿음직스럽다. 기쁠 때 찾아가면 나보다 더 기뻐해주는 듯하다. 잎사귀를 마구 흔들며 춤을 춘다. 바람에 흔들리는 게 아니라 바람을 만드는 것처럼.

힘들고 우울할 때 찾아가면 온몸으로 나를 감싸 안아주는 것 같다. 토닥토닥. 거친 나뭇결이 그렇게 포근할 수 없다. 내 비밀을 떠벌리지도 않는다. 굳이 말하지 않아도 내 기분 알아주는 것 같다. 애쓰지 않는다. 나무 앞에 서면 한없이 작아지지만, 덕분에 뭔가 해야 할 것 같은 마음 전혀 들지 않는다.

나무를 사랑하는 여러 가지 이유가 있다.

첫째, 나무는 한순간도 쉼이 없다.

뿌리에서 끌어올린 수분과 양분을 가지와 잎으로 쉴 새 없이 전달한다. 태양으로부터 받은 빛으로 생명을 더하고, 그 힘이 다하면 미련 없이 잎을 떨군다. 자신이 그토록 열심히 살고 있다는 사실에 대해 자랑하거나 뽐내지 않는다. 기대만큼 결과가 나오지 않아 실망스러울 때 나무를 찾는다.

"열매를 얼마나 맺었는가 하는 것은 중요치 않아. 언제든 멈추지 않고 다시 열매를 맺기 위해 노력하는 게 중요한 거야."

둘째, 나무는 늘 자신의 자리를 지킨다.

다른 나무의 자리를 탐내지 않는다. 비교하지도 않고 시기하지도 않으며 불평불만 늘어놓지도 않는다. 때가 되면 꽃을 피우고, 또 때가 되면 색을 바꾼다. 날이 좋아 사람들이 찾아도 들뜨지 않고, 비 쏟아지는 날 사람 발길 끊겨도 외롭다 내색하지 않는다. 나무는 혼자이면서도 늘 함께다. 언제나 그 자리에 있기 때문이다.

가끔씩 나무를 잊는다. 그러다 문득 생각나 찾아가면, 왜 이리도 소식 뜸했냐며 탓하지 않는다. 힘내라는 말도, 어설픈 위로의 말도 전하지 않는다.

'언제든 내가 필요하면 이곳으로 와. 난 항상 여기에 있을 테니.'

나무를 사랑하는 세 번째 이유는, 초연하고 의연한 모습 때문이다.

쏟아지는 비에 흠뻑 젖을 때도 있고, 몰아치는 바람에 흔들릴 때도 많다. 눈 쌓여 가지 부러지고, 사람들 발길에 채이기도 하고, 폭

염과 한파 고스란히 견디기도 한다.

하고 싶은 말이 얼마나 많을까. 한 바가지 욕설을 퍼부어도 시원찮을 판국에, 나무는 그 모든 고통과 시련을 안으로 삼킨다. 나무의 세월은 나이테다. 나무의 한은 통째로 잘라내야만 볼 수가 있다.

그러나 겉모습은 어떠한가. 봄이 되면 파릇한 새싹 생명이 넘치고, 여름이면 무성한 잎사귀로 그늘과 바람을 만든다. 가을이면 형형색색 세상을 뒤덮고, 겨울이면 차분히 다음 생을 기다린다.

고난과 역경을 인내하고 받아들인다. 촐싹거리지 않고 수선 떨지 않는다. 초연하다. 의연하다. 마음 어지러울 때 찾으면 그 고요한 삶에 머리가 숙여진다.

'유난 떨지 마라. 네 삶이야.'

부지런히 살아가리라. 내 자리를 지키며, 유난 떨지 않으리라. 사람 평하지 않고 세상 탓하지 않으며 오롯이 내 삶을 받아들인다. 오늘도 나무는 같은 자리에 서 있다.

8

좋은 시간 다 날렸네

팝콘과 콜라, 콤보 세트를 샀다. 양 손 가득 푸짐하게 들고 8층으로 올라갔다. 아들의 겨울방학. 모처럼 세 식구 외출이다. 영화도 보고 점심도 먹고 즐거운 시간 보내기로 했다.

영화를 좋아한다. 케이블 TV나 스마트폰 또는 인터넷을 통해서 얼마든지 영화를 볼 수 있는 세상이지만, 그래도 영화관에서 대형 스크린으로 보는 맛에 비할 수는 없다.

영화 볼 때 가장 흥분되는 순간은 언제인가. 주인공이 악당을 물리칠 때? 갈등이 고조에 이르렀다가 속 시원히 해결될 때? 사람마다 다르겠지만, 나는 특히 영화 시작의 전후를 즐긴다. 불이 꺼지고, 제작사의 로고가 뜨고, 첫 화면이 시작되는 순간. 마치 금요일 저녁 기대와 여유가 함께 어우러지는 듯한 느낌이다. 야릇한 흥분마저 감돈다.

"빠사삭!"

영화가 막 시작되려는 순간이었다. 내 모든 기대와 여유와 야릇한 흥분을 한 방에 깨부수는 소리가 들렸다. 옆을 돌아봤다. 웬 아저씨가 예의도 기본도 없이 과자를 씹어대고 있었다. 마음 같아서는 아저씨 머리통을 입에다 물고 씹어버리고 싶었지만, 모처럼의 가족 나들이를 망칠 수는 없다는 생각에 정중히 말을 건넸다.

"저, 아저씨. 과자 소리가 너무 큰데요. 조금만 조용히 드시면 안 될까요?"

알겠다는 대답 한마디로 끝날 줄 알았던 예상은 보기 좋게 빗나갔다. 그 아저씨는 대꾸 한마디 없이 험한 눈빛으로 나를 째려보기 시작했다. 뭐야? 싸우자는 거야? 나도 질세라 그를 노려보았다. 옆자리에 앉은 아내는 나를 말렸고, 그의 곁에 앉은 여자도 그만하라며 짜증을 부렸다. 찝찝한 마무리였다. 똥 싸다 만 것처럼 마음이 편치 않았다.

'영화가 끝난 후에 저 인간이 시비를 걸면 어떻게 할까? 간만에 먹살 한 번 잡아? 아니야. 아내와 아들이 보고 있는데 흉한 꼴을 보일 수는 없어. 그렇다면 말로 받아칠까? 야! 과자를 조용히 처먹으라고 하면 그냥 닥치고 예 하면 될 일이지 뭘 째려보냐! 영화관에서 과자 씹어 먹는 건 기본도 아니고 예의도 아니야! 유치원생도 아는 내용 아니냐? 나이를 똥구멍으로 처먹었냐? 혹시라도 인상 굳게 나오면 절대로 물러서지 말아야지. 내가 틀린 말 한 것도 아니고. 아!
오늘 진짜 똥 밟았네. 재미있게 영화 보러 와가지고 이게 무슨 꼴이
야. 씨발, 오늘 진짜 한판 붙어?'

　두 시간 동안 별 생각이 다 들었다. 영화 내용은 하나도 눈에 들
어오지 않고, 머릿속으로는 그 아저씨와의 싸움에 관한 온갖 시나
리오만 가득했다. 아내와 아들은 큰 소리로 웃기도 하고 양손을 마
주하며 조바심을 내기도 했다. 다행히도 내 생각은 전혀 없는 듯했
다. 모처럼의 가족 나들이라는 생각을 하면 할수록 더 화가 치밀었
다. 별 것도 아닌 놈이 나의 행복한 하루를 망친 것 같아 기분이 더
러웠다. 영화 끝나기만 해봐라!

　불이 켜졌다. 사람들이 자리에서 일어서기 시작했다. 옆 자리 아
저씨도 벌떡 일어섰다.

　"저기요. 아까는 미안했어요."

　능글맞은 웃음과 사과 한마디를 남기고는 홀연히 영화관을 빠져
나갔다. 맥이 풀렸다. 일어설 힘조차 없었다. 난 대체 두 시간 동안
뭘 한 걸까?

　"아빠! 우리도 가자!"

　"으응? 그……그래…… 가야지……."

　즐거운 시간 다 날렸다. 영화는 보지도 못했다. 가족들 마음만
불편하게 만들었다. 과자를 씹어 먹은 그 아저씨는 애초부터 사과

를 할 모양이었다. 그러니 얼마나 마음 편했을까? 아마 영화도 재미있게 봤겠지.

누구 탓일까? 맞다. 모두가 내 탓이다. 과자를 씹어 먹은 탓도 아니고, 나를 째려본 때문도 아니다. 별 생각을 다 하고, 손에 땀 쥐어가며 싸움 시나리오를 짜고, 영화는 다 놓치고, 심장 쿵덕이며 초조와 불안을 함께 품었던 두 시간. 모두가 내 탓이다. 모두 내 마음 하나 때문이었다.

누구 때문에 마음 상했다는 말을 입버릇처럼 하고 산다. 무엇 때문에 화가 났다는 말도 입에 달고 산다. 비가 내려서 마음이 울적한 게 아니라 그냥 내 마음이 울적한 거다. 바람이 불어 쓸쓸한 게 아니라 그냥 내 마음이 쓸쓸한 거지. 비와 바람이 무슨 잘못이 있겠는가.

탓하고 원망하고 증오하는 마음은 스스로를 힘들게 만든다. 용서하고 풀어버리면 편안한 건 내 마음이다. 살아가는 이유는 고통과 불안이 아니라 행복과 평온이다. 마음 하나 바꾸기만 하면 얼마든지 누릴 수 있는 행복과 평온을 쉽게 잃고 사는 것은 아닌지. 영화, 다시 보고 싶다.

chapter 2

기꺼이
쓰겠다는
마음

쓰지 않는 자의 위기

해야 할 일이 산더미처럼 쌓여 있다. 출근해야 하고, 일해야 하고, 아이를 돌봐야 하고, 밥 챙겨 먹어야 하고, 청소해야 하고, 맡은 바 책임을 다해야 한다. 해야 한다는 말은 의무와 책임을 뜻한다. 하지 않으면 안 되는 일이다. 스트레스를 받는다. 압박이다. 조여 온다. 숨이 막힌다.

왜 그렇게 바쁘게 사느냐고 물으면, 한결같은 대답이 돌아온다.

"누군 이렇게 살고 싶어서 삽니까? 안 하면 안 되니까 하는 거지요!"

책쓰기는 어떤가? 하지 않으면 안 되는 일일까? 그렇지 않다. 책 쓰지 않아도 된다. 사는 데 별 지장 없다. 지금까지도 별 탈 없이 잘 살아왔듯 앞으로도 별 일 없을 거다. 쓰지 않는다고 해서 월급이 깎이는 것도 아니고 회사에서 잘릴 일도 없다. 아내나 남편의 잔소리를 듣는 것도 아니고, 당장 큰일이 생기지도 않는다.

독서도 마찬가지다. 읽으면 좋다는 주변 사람들의 말을 듣고 책을 펼치긴 하지만, 사실 책 읽지 않는다고 해서 문제될 일 없다. 적어도 피부로 느끼기엔 그렇다.

책을 읽거나 쓰는 일은 이처럼 "반드시 해야 하는" 일이 아니다. 때문에 자유롭다. 어떤 압박이나 강제성도 없다. 왜 쓰냐고 묻는다면, 왜 읽느냐고 묻는다면, 쓰지 않아도 되고 읽지 않아도 되니까 쓰고 읽는 거라고. 기꺼이 내가 쓰고 싶어서. 읽고 싶어서. 세상에서 가장 자유로운 일을 스스로 즐기는 것. 바로 이것이 책쓰기와 독서의 본질적 이유라고 생각한다.

변화와 혁신의 시대다. 세상 돌아가는 속도가 전례 없다. 자고 일어나면 달라지는 세상이 아니라 자는 동안 수십 번 바뀌는 세상이다. 물살의 속도가 빠르면 정신을 차릴 수가 없다. 살아야 한다는 절박함에 손과 발을 쉴 새 없이 휘젓는다. 주변 사람들 속도가 빨라질수록 초조함과 불안함이 목을 쥔다. 더 빨리! 더 높이!

그렇게 살았다. 남들보다 더 많은 돈을 더 빨리 벌고 싶었다. 휴식과 여유는 사치였다. 내 모습만 놓고 보면, 실패했다는 사실을 설명할 방법이 없다. 누구보다 열심히 살았고, 앞만 보며 질주했는데. 근면과 성실로 치자면 2등도 서러울 지경이었다. 그런 내가 어쩌다 모든 것을 잃었을까?

이유는 하나다. 멈추지 않았기 때문이다. 혼신의 힘을 다해 전력 질주 했지만, 눈앞은 낭떠러지 폭포수였다. 절벽을 향해 전력 질주 했다니! 이보다 어리석고 바보 같은 인생이 어디 있을까.

잠시라도 멈췄더라면. 지금 내가 가고 있는 길이 옳은 길인지, 제대로 된 방향인지, 한 번이라도 짚어보고 둘러보고 멀리 볼 수 있었더라면. 아마도 그렇게까지 처참하게 무너지지는 않았을 터다.

사업에 실패했다. 돈도 사람도 모두 잃었다. 나는 전과자가 되었고 파산을 했으며 심각한 알코올 중독으로 2년 넘게 고생했다. 나를 포함한 다섯 식구의 생계를 막노동 삽질로 이어가며 살았다. 열심히 살았던 결과라 하기엔 어처구니없었다.

멈춰야 한다. 주변 세상의 속도에 관계없이 '나'의 중심을 먼저 잡아야 한다. 지도를 펼쳐 방향을 점검하고, 내가 서 있는 현재의 위치를 체크하고, 주변에 힘들어하는 사람 있다면 물도 한 잔 건네주고, 기름도 채우고 타이어도 갈아야 한다. 다른 사람들보다 빨리 가는 것이 목적이 아니다. 다른 사람들만큼 빨리 뛰는 것도 의미 없다. 내 속도로 내 길을 가야 한다. 타인의 인생 속도에 발맞춰 뛰는 것만큼 초라한 인생은 없다.

그렇다면 멈추는 방법에는 무엇이 있을까? 글쓰기와 독서다. 책쓰기와 책 읽기다. 머리와 가슴, 눈과 손이 함께 움직여야 가능한 일이다. 느릴 수밖에 없다. 멈추지 않고서는 한 줄도 쓰지 못한다. 다른 일에 비해 속도가 느리고 결실을 맺는 데에도 시간이 꽤 걸린다. 해서, 삶의 속도를 조절하는 데 이보다 더 마땅한 방법은 없다.

나는 무엇을 좋아하는가? 나는 언제 가장 행복한가? 나는 이번 일에 대해 어떻게 생각하는가? 나는 어떤 사람에게 매력을 느끼며, 어떤 매력을 발산하고 싶은가? 스스로를 향한 질문을 끝도 없이 던져야 한다. 힘들고 어려운 작업이다. 익숙지 않기 때문이다. 남편과 아내와 아이들 챙기느라, 직장 동료와 친구와 주변 사람들 챙기느라, 내 자신 평생토록 방치해온 탓에 대답이 쉽게 나오지 않는다. 시간을 두고 고민하며 질문에 답하다 보면, 서서히 내 모습이 보이기 시작한다. 아! 내가 이런 사람이었구나! 정체성이 드러나고 '나'를 알아간다. 가치관이 정립되고 세상을 보는 눈도 생긴다.

울타리가 만들어지고 중심이 잡힌다. 거대한 물살 속에서도 흔들림 없이 '내 삶'을 살아갈 수 있다. 두려움이 사라진다. 불안하고 초조한 마음도 평정을 되찾는다. 이 모든 평온함이 글쓰기의 효과이자 독서의 결과물이다.

오늘 무슨 말을 했는가? 그 말은 당신의 말인가 방송국 아나운서의 말인가?

오늘 무슨 생각을 했는가? 그 생각은 당신의 생각인가 네이버의 생각인가?

오늘 어떤 판단과 선택을 했는가? 그 판단과 선택은 당신의 것인가 아니면 유튜브와 SNS의 그것인가!

중심과 방향을 잃은 자는 결국 쓰러지고야 만다. 인생을 통째로 치르고서야 비로소 깨달을 수 있었다. 다른 사람의 생각이나 행동에 고개를 끄덕이며 맞장구치기 위해 태어난 것이 아니다. 나의 주관과 철학을 가져야 한다. 내 것이 없을 때 맞이하게 되는 위기. 표현할 수 없을 정도로 참혹했다. 멈추지 않은 탓이었다. 쓰지 않는 자의 위기였다.

쓰지 않아도 된다. 그러나 기꺼이 쓰겠다면, 당신의 삶에는 멈추고 사색하는 여유와 함께 자신만의 중심을 찾게 되는 기적이 반드시 함께할 것이다.

치명적인 종약, 변명과 핑계

책쓰기 수업에 참여하는 예비 작가들은 크게 네 부류로 나눌 수
있다. 첫째, 묵묵히 쓰는 사람. 둘째, 쓰다 말다를 반복하는 사람. 셋
째, 처음엔 열정적으로 쓰다가 중도에 펜을 놓는 사람. 넷째, 아예
시작조차 못 하는 사람.

묵묵히 쓰는 사람에게는 배울 점이 많다. 말이 없다. 그냥 쓴다.
벽에 가로막히거나 의욕이 꺾일 때면 어김없이 전화를 걸어온다.
질문도 정확하다. 묻는 말이 정확하니 대답도 분명히 해줄 수가 있
다. 잘 쓰고 못 쓰고는 문제가 아니다. 나는 그들이 끝까지 써낼 것
임을 믿고, 그들은 책이 출간된다는 사실에 의심 없다. 소통할수록
에너지가 생겨난다.

쓰다 말다를 반복하는 사람, 그리고 중도에 펜을 놓는 사람들은 공통적인 특징을 갖고 있다. 시작 단계에서 자신의 열정과 의지를 지나치게 믿는다. 끓어 넘치는 바람에 불이 꺼지고 만다. 열정은 뜨거움이 아니다. 끝까지 지속하여 반드시 끝내고야 마는 인내와 끈기다. 의지는 사람을 힘들게 만든다. '그냥' 써야 한다. 매일 출근하는 직장인은 자신의 의지로 기상하고 집을 나서는 게 아니다. '그냥' 일어나고, '그냥' 준비하고, '그냥' 출근한다. 짧게는 며칠, 길게는 수십 년 동안 같은 시간에 현관문을 연다. 이것이 과연 의지일까?

불굴의 의지. 듣기 좋은 말이긴 하지만, 인간의 의지력에는 한계가 있으며 쓸수록 약해진다는 사실을 참고해야 한다. 강인한 의지로 위기를 극복하는 경우도 없지는 않겠지만, 이는 특별한 경우다. 사람은 일상의 43퍼센트를 습관으로 움직인다고 한다.(《해빗HABIT》, 웬디 우드, 다산북스) 이를 악물거나 주먹을 불끈 쥐지 않고도 매일 같은 일을 반복하고 있다는 증거다.

어깨에 힘을 빼라고 전하고 싶다. 책 쓰는 일을 '노동'으로 만들지 말았으면 좋겠다. 정해둔 시간이 되면 노트북을 펼치고 두 손으로 키보드를 두드린다. 가장 먼저 끝내야 할 일은 '초고 완성'임을 잊지 말아야 한다.

시작조차 못 하는 사람들에게는 특별한 강박이 있는데, 크게 두 가지로 나뉜다.

첫째는 완벽한 준비에 대한 강박이다. 제목을 멋지게 짓고 목차를 완성하는 것에 사활을 건다. 제목과 목차는 출판사와 상의해서 얼마든지 바꿀 수 있다. 인쇄소에 넘기기 전 마지막까지도 수정할 수 있는 것이 제목과 목차다. 물론, 책을 쓰기 위해서는 반드시 제목과 목차를 먼저 준비해야 한다. 방향을 잡아야만 글이 산으로 가는 사태를 방지할 수 있다. 주제와 제목과 목차는 중요하다. 하지만 집필 과정에서 얼마든지 수정/보완할 수 있다. 완벽한 제목과 목차는 없다. 기획 단계에서 미처 생각지 못한 부분과 기억들이 집필 단계에서 샘물처럼 솟는다. 고정시킬 필요가 전혀 없음에도 불구하고 제목과 목차를 그럴 듯하게 짜느라 시간과 노력을 쏟아붓는다. 제발 집필을 시작하라고 권하면 이렇게 대답한다.

"일단 제목과 목차가 제대로 나오기만 하면 금방 쓸 수 있습니다!"

쓴 사람 없었다. 아직도 제목과 목차만 만지고 있다. 언제 쓸 것인가? 설령 시작한다 해도 완벽한(?) 제목과 목차 덕분에 술술 써지는 일은 결코 없다.

책쓰기는 안 하면 안 되는 일이 아니라고 앞서 말한 바 있다. 그런데도 마치 해야만 하는 일처럼 압박을 받으며 쓰니까 쓰지 못하는 '이유'에 집중하게 되는 것이다. 변명과 핑계가 쏟아진다. 다른 일이 바빠서, 아이들 재워야 해서, 내 글이 형편없는 것 같아서, 독자들 시선이 두려워서, 출간되기 힘들 것 같아서, 너무 사적인 얘기인 듯해서, 시댁에서 볼까 봐, 직장 상사가 뭐라 할 것 같아서…….

차라리 속 시원하게 "쓰기 싫다!"고 말하는 게 훨씬 낫다. 무엇 때문에 스스로를 비겁하고 초라하게 만드는가. 변명과 핑계는 삶을 갉아먹는 좀약이다.

책쓰기 수업을 시작한 초기에는 이런 현상이 도무지 이해되질 않았다. 열심히 쓰겠다는 각오로 수강료까지 납부하고 온 사람들이 왜 중도에 포기하거나 아예 시작을 않는 건지.

이제는 분명히 안다. 모두 결심과 각오 때문이다. 반드시 쓴다! 매일 30분씩 쓴다! 올해 안에! 다음 달 말까지! 이를 악물고 주먹을 불끈 쥐는 다짐! 쓸 것 같지만 쓰지 못한다. 계속 쓰기 위해서는 많은 에너지가 필요한데, 그 에너지를 전부 결심과 각오에 쏟아부었으니 남은 힘이 없다. 시작이 반이라고? 시작은 시작일 뿐이다. 생각하면 이루어진다고? 생각은 생각일 뿐이고. 시작과 생각하는 힘이 최고의 의미를 갖는 것은 반드시 실천을 동반할 때다. 행동 빠진 다짐은 아무것도 끌어당기지 못한다.

이 글을 쓰는 지금, 2월이다. 새해가 시작된 지 두 달이 다 되어간다. 지난 12월에 수도 없이 결심했던 일들. 얼마나 지속하고 있는지 점검해봐야 할 때다. 결심 잘하는 사람은 변명도 잘한다. 각오 다지는 사람들에게는 핑계도 많다. 이 악물지 말고 글을 쓰자.

작가는 되고 싶고, 글은 쓰기 싫고

작가는 글 쓰는 사람이다. 변호사는 변호하는 사람이고, 기사는 운전하는 사람이며, 국가대표 운동선수는 운동하는 사람이다. 변호하지 않는 변호사 없고, 운전하지 않는 기사 없으며, 운동하지 않는 사람을 국가대표라 부르지 않는다.

작가가 되고 싶다는 말은 글을 쓰고 싶다는 말과 다름 아니다. '작가'라는 명사는 '쓰다'라는 동사를 안고 있다.

기본을 지키면 무슨 일이든 해낼 수 있다. 기본에 충실하면 힘들고 어려운 일도 넘어설 가능성이 크다. 당연한 진리다. 작가가 되는 기본은 글을 쓰는 것이다. 그 외 모든 방법이나 요령 따위는 얄팍한 수고에 불과하다.

작가가 되고 싶다고 말하면서 한 줄도 쓰지 않는 사람들이 많다.

간절하다 말하면서도 쓰지 않는 날이 허다하다. 쓰지 않는 사람이 작가 될 수는 없다. 단순하고도 명확한 진실을 놓치지 말아야 한다.

왜일까? 왜 작가는 되고 싶다면서 글쓰기는 싫어할까?

첫째, 그럴듯한 간판에만 집중하기 때문이다.

어렵고 힘든 '동사'에는 관심 없고, '작가'라는 호칭에만 눈독을 들인다. 어찌어찌 책 한 권 출간하면 건방과 자만이 하늘을 찌른다. 더 이상 쓰지 않는다. 또 다른 '욕심'으로 두 번째 책을 쓰는 경우도 없지 않겠지만, 말 그대로 간판을 위한 책쓰기만 계속될 뿐이다. 공부는 하나도 하지 않으면서 좋은 대학에 가고 싶다는 자녀를 보면 아무리 부모라도 한심하다는 생각이 들 것이다. 시간과 노력을 건너뛰고 쉬운 성공과 명함만 바라는 작금의 실태가 책쓰기에도 예외 없이 적용되고 있는 것 같아 아쉽고 씁쓸하다.

둘째, 빠른 결과를 원하는 조급함 때문이다.

동전을 넣기만 하면 자동으로 음료수가 나오는 자판기로 착각한다. 세상 돌아가는 속도가 빠르기 때문에 빨리 뭔가 성과를 내지 않으면 뒤처진다는 느낌을 받는다. 책을 쓰는 이유는 빨리 가기 위함이 아니라 멈추기 위함이란 사실을 잊지 말았으면 좋겠다.

셋째, 작가와 성공을 같은 개념으로 보기 때문이다.

나를 포함한 책쓰기 코치들이 깊이 반성하고 각성해야 할 대목이다. 책을 쓰면 성공할 수 있다, 인생 역전, 로또 당첨 등등 눈과 귀를 현혹하는 광고성 문구를 남발한 탓에 순진한 사람들이 책쓰기를 돈벌이 수단으로 오해하는 경우가 많다. 빨리 작가가 되어 돈을 벌고 싶은데 쓰는 일은 시간도 걸리고 생각만큼 잘 써지지도 않는다. 마음만 급하고 뜻대로 되지 않으니까 '빨리 작가가 되고 싶다!'는 마음만 있을 뿐 차분히 앉아 쓰는 일에는 몰입하지 못하는 거다.

한 가지 짚고 넘어가야겠다. 쓰지 못하는 혹은 쓰지 않는 사람들 이야기를 하고 있다. 자칫 오해의 소지가 있겠다. 쓰지 않는 사람을 형편없이 몰고 가는 것 아닌가. 책쓰기 외에도 세상에는 훌륭하고 가치 있는 일이 얼마나 많은데.

분명히 말하지만, 나는 '쓰지 않는' 사람을 탓하는 게 아니다. '쓰고 싶다고 말은 하면서도 쓰지 않는 사람'들에게 팩트를 말하는 중이다. 쓰지 않아도 된다. 쓰기 싫다고 말하면 어떤가. 아무도 책 쓰라고 강요하지 않는다. 스스로 쓰고 싶다 작가 되고 싶다 입버릇처럼 말하면서도 도통 쓰지 않고 있으니 답답해서 하는 소리다.

방법을 모르기 때문에 쓰지 못한다며 반론을 제기하는 목소리가 여기까지 들리는 듯하다. 시중에는 이미 엄청난 종류의 글쓰기 및 책쓰기 방법에 관한 책이 나와 있다. 그런데도 여전히 속 시원히 쓸 수 있게 되었다는 사람은 만나기 힘들다. 방법이 문제가 아니란 뜻이다. 오늘 배워서 내일 당장 써먹을 수 있는 글쓰기 묘법은 존재하지 않는다. 운전을 배우면 운전을 할 수가 있고, 파워포인트를 배우면 바로 적용할 수가 있다. 배워도 즉시 적용되지 않는 유일한 종목이 바로 글쓰기다. 세계적인 글쓰기 대가라 일컬어지는 나탈리 골드버그가 "글쓰기는 오직 글쓰기로부터만 배울 수 있다."고 말한 깊은 뜻이 여기에 있다.

글을 쓰는 태도는 삶에 임하는 자세와 비슷하다. 아무리 세상이 변하고 시대가 달라져도, 노력하는 만큼 결실을 만날 수 있다는 진리만큼은 변하지 않는다.

이기주 작가는 숱한 세월 무명의 설움을 견뎠고, 이지성 작가는 무려 십 년 동안이나 판자촌 옥탑방에 살면서 책을 읽었다. 조앤 롤링도 헤밍웨이도 나탈리 골드버그도, 누구 하나 어느 날 갑자기 '작가'가 된 사람은 없다.

화려한 조명과 위대한 작가라는 명예. 그들은 지난한 노력과 매일 쓰는 '동사'를 거쳐 비로소 작가라는 '명사'에 이르렀다. 부러워할 거라면, 그들이 가진 명사가 탐난다면, 지난 세월 모멸과 냉대까지 모두 아울러 가지길 바라야 마땅하다.

빠르고 쉬운 방법을 찾고 싶은 마음이야 누군들 다르겠는가. 지름길 있다면 굳이 돌아서 갈 필요가 없을 터다. 적어도 내 경험에 비추어보자면, 어떤 성과나 보상도 거저 주어지는 일은 없었다.

살 빠지는 약을 찾기보다 운동을 하는 것이 지당하고, 독서법 찾아 헤매는 시간에 한 줄이라도 읽는 것이 현명하다.

책을 쓰는 방법. 사람마다 다양하게 주장하겠지만, 원론은 하나다. 오직 글을 쓰는 것.

4.
문제는 HOW가 아니다

갓난아기는 말문이 터지기 시작하면 두 가지 질문을 집요하게 물고 늘어진다.

"왜? 아빠 왜 그래? 엄마 왜 그래야 해? 왜? 왜? 왜?"

"아빠, 저건 뭐야? 엄마, 이건 뭐야?"

WHY, 그리고 WHAT. '왜'와 '무엇'이라는 두 개의 의문사가 대부분 말을 차지한다. 때로 엄마와 아빠를 미치게 만들기도 하는 이 두 질문이, 어쩌면 아기들이 빠르게 성장하는 결정적 이유일지도 모르겠다.

질문의 선택이 학습의 속도를 좌우한다. 책쓰기 수업에 참여하는 예비 작가들은 "어떻게 써야 하는가?"에 집착한다. 방법론이다. 글쓰는 방법을 배우기만 하면 당장 내일부터 자신의 글이 달라질 수 있을 거라 기대한다. 몇 가지 방법을 강의한 적 있다. 적용되지 않았다. 단 한 명도 내가 전하는 글쓰기 방법을 활용하지 못했다. 강사 능력의 부족일까? 수강생의 학습능력 탓일까? 천만의 말씀이다. 글쓰기는 방법론부터 접근해서는 안 된다는 증명이다.

가장 먼저 자신에게 던져야 할 질문은 "왜 쓰는가?"이다.

나는 도대체 왜 글을 쓰려는 것일까? 내가 책을 쓰고 출간하려는 이유는 무엇일까? 금방 답이 나오지 않는다. 생각하고 또 생각해야 한다. 질문하고 고민하고, 잠시 잊더라도 다시 질문하고 고뇌한다. 더 깊이 내 안으로 들어간다. 왜 쓰려고 하는가에 대한 답을 스스로 명확히 말할 수 있을 때, 책쓰기의 절반이 끝났다고 해도 과언이 아니다.

책을 쓰는 이유는 사람마다 다르다. 정답을 찾으려 해서는 안 된다. 그럴듯한 말로 자신을 속여서는 더더욱 안 된다. 솔직하고 냉정해져야 한다. 어릴 적 부모로부터 폭행을 당해 평생토록 상처와 아픔을 품고 살아왔다면, 이 사람이 글을 쓰고 책을 쓰려는 이유는 마음의 무게를 내려놓기 위함일 터다. 사는 게 심심하고 무료하게 느껴지는 사람은 뭔가 흥미진진하고 특별한 경험을 만들기 위해 책을 쓸 수도 있다. 1인기업을 운영하는, 혹은 준비하는 사람의 경우 사업을 홍보하고 자신을 알리기 위해 책이라는 도구를 활용할 수 있다. 아이를 키우는 엄마라면, 자신의 육아 경험을 다른 초보 엄마들과 나누고 공유하기 위해서. 여러 번 실패를 경험한 사람이라면, 실패한 사람들을 위로하고 함께 일어서자는 격려의 메시지를 담기 위해서…….

사람마다 생각과 경험과 욕구가 다르다. 그만큼 책을 쓰는 이유도 다양할 수밖에 없다. 누구나 책을 쓴다. 책을 쓰면 성공한다 등등 천편일률적이고 막연한 생각으로 시작하면 결코 목적지에 다다를 수 없다. 책 쓰는 일은 쉽지 않다. 마라톤이다. 달려야 할 이유가 명확한 사람은 힘들어도 포기하지 않는다. 책을 쓰기 전에 가장 먼저 "왜?"라고 물어야 한다. 그 답이 최고의 동기부여가 될 것이다.

다음으로 "무엇을 쓸 것인가?" 물어야 한다.

그냥 생각하면 이보다 막막한 질문이 없다. 살면서 경험한 일이 어디 한두 가지겠는가. 그중에서 하나를 어찌 뽑아낼 것이며, 설령 뽑아낸다 하더라도 다음에 이어질 "어떻게"라는 질문에서 끝도 없이 방황하게 될 게 분명하다.

어릴 적 부모로부터 폭행당한 사람이 책을 쓴다고 가정해보자. 위에서 말했듯, 이 사람이 책을 쓰는 이유는 평생 품고 왔던 마음속 트라우마를 걷어내기 위함이다. 그렇다면 무엇을 써야 할 것인가? 어린 시절의 이야기를 낱낱이 풀어내야 한다. 언제, 어디서, 누구로부터, 어떤 폭행을, 어떻게 당했는지, 그때의 상황과 심정은 어떠했는지. '쓰는 이유'가 명확하기 때문에 '써야 할 내용'도 분명하다.

한 가지 주의할 점이 있다. 상처와 아픔을 표현하는 글은 쓰기 힘들다. 아프다. 괴롭다. 눈물이 멈추지 않는다. 겨우 잊고 살았는데, 이제야 좀 마음을 다스릴 수 있게 되었는데. 왜 고통의 시간을 떠올려 자신을 궁지로 몰고 가야 하는가. 이런 갈등과 번뇌가 수도 없이 반복된다. 쓰기를 포기하는 사람도 종종 나온다.

다시 한번 '쓰는 이유'로 돌아가 보자. 치유를 위해서다. 이제, 그만하고 싶다. 남은 인생 행복하게 살고 싶다. 상처를 치유하기 위해서는 소독을 하고 약을 바르고 주사를 맞아야 한다. 몸에 난 상처는 그냥 두어도 어느 정도 시간이 흐르면 낫지만, 마음에 난 상처는 갈수록 덧난다. 소독하고 약 바르면 순간적으로 더 쓰리고 아프겠지만, 참고 견디면 서서히 고름이 줄고 딱지가 앉는다.

견딜 수 있는 이유는, '쓰는 이유'를 먼저 짚었기 때문이다. 희망적인 사실 하나. 참고 견디며 써 내려간 상처와 아픔에 관한 이야기는 독자들에게도 치유와 희망을 전하게 된다.

'쓰는 이유'와 '무엇을 쓸 것인가'에 대한 답을 찾았다면, 이제 끝으로 '어떻게 써야 하는가' 물을 준비가 되었다.

글쓰는 방법에 관해서라면, 시대를 통틀어 현재에 이르기까지 작가의 수만큼이나 다양하다 말할 수 있겠다. 한마디로 정리하기는 불가능하다. 여기서는 구성과 형식에 관해서만 언급코자 한다.

어린 시절 누군가로부터 폭행당했던 이야기, 그 후로 자신의 삶이 얼마나 고통스럽고 힘들었는지, 사회적 약자들의 소외된 삶의 이야기, 폭행이 인간에게 미치는 영향, 자신과 비슷한 사람들의 사례, 폭력 없는 사회를 만들기 위한 대책, 아픈 사람들에게 전하는 메시지, 가정의 소중함, 부모 교육의 필요성, 앞으로 어떤 마음으로 살아갈 것인지, 이 책을 통해 독자들에게 전하고 싶은 말은 무엇인지…….

'어떻게?'라는 질문은 문장을 쓰는 방법에만 해당하는 질문이 아니다. 숲을 먼저 그려야 한다. 바탕이 있고 큰 그림이 있어야 퍼즐 조각을 끼워 맞출 수 있다. 낙서 또는 메모를 통해 책에 담을 내용을 크게 정리해본다. 구성이라 부른다. 대략적인 구성만 갖춰져도 책 쓰는 일이 한결 수월해진다. 제목과 목차를 먼저 정하는 이유다. 통칭해서 기획이라 부르기도 한다.

다음은 형식이다. 자신의 경험을 쓸 때에는 '이야기'로 풀어내는 것이 좋다. 쓰는 사람도 쉽고, 읽는 사람 입장에서 가독성도 좋다. 1인기업가가 자신의 사업 홍보와 마케팅 수단으로 책을 쓴다면, '경험+설명'을 섞는 것이 효과적이다. 저자의 인간적인 매력과 사업의 특징을 함께 전달할 수 있기 때문이다.

구성과 형식까지 정해지면 이제 남은 것은 쓰는 일뿐이다.

왜 쓰는지 묻는다. 무엇을 쓸 것인지 고른다. 큰 그림을 스케치하고 형식을 결정한다. 세 가지 질문의 비중을 말하자면, 앞의 두 질문이 압도적이다.

"'왜?'와 '무엇?'에 대한 제 점수는요. 95점입니다!"

5

쓰는 삶의 축복

"모든 독자가 당신 책을 좋아해주길 기대합니까?"

"에이, 그 정도는 아닙니다."

예비 작가들에게 물어보면 답은 늘 같다. '모든 독자'라는 말에 강세를 두었으니 당연한 결과다. 세상 어떤 작가도 '모든 독자'를 만족시킬 수는 없다. 박경리 선생을 존경하는 사람도 있고, 《토지》라는 작품 자체를 못마땅하게 여기는 독자도 있을 수 있고, 박경리 선생의 존재 자체에 별 관심 없는 사람도 많다.

나이 서른이 넘어서야, 그러니까 2002년 월드컵 경기가 열리기 전까지는 '페널티 킥'이 뭔지도 몰랐다. 친구들은 내 말을 듣고 웃으며 놀렸지만, 사람은 누구나 자신만의 관심사를 가지고 있으며 생각과 취미와 좋아하는 일 모두 각양각색이다. 아무리 멋진 내용의 책을 쓴다 하더라도 모든 독자를 만족시킬 수는 없다. 그런 작가는 지금까지 한 명도 없었으며, 앞으로도 영원히 없을 거라 장담한다.

예비 작가 중에는 이런 고민을 하는 사람도 많다.

"혹시, 제가 쓴 책을 읽고 쓴소리를 하는 독자가 있으면 어떻게 하지요?"

두렵다는 말이다. 험담이나 악성 댓글에 미리부터 겁을 먹는다. 그럴 수 있다. 충분히 이해한다. 시간과 노력을 들여 어렵게 책을 출간했는데, 다른 사람으로부터 좋지 않은 평가를 듣고 싶은 사람이 어디 있겠는가. 인정받고 싶은 욕구는 본능이다. 이왕이면 "잘 썼다!"는 말을 듣고 싶겠지.

다시 처음 질문으로 돌아가 보자. 모든 사람이 좋아해주길 바라느냐는 질문에는 분명 아니라고 답했다. 누군가 쓴소리하는 것이 두렵다는 뜻은, 결국 모든 사람이 좋아해주길 바란다는 말에 다름 아니다. 같은 질문에 두 개의 답. 갈피를 못 잡는 거다. 욕심이다. 내려놓아야 한다.

모든 사람이 나를 좋아해주길 바라는 것이나 마찬가지다. 세상 모두가 나를 응원해주고, 내 생각을 지지해주고, 예쁘다 말해주고, 칭찬해주고, 인정해주길 바란다는 말이나 똑같다.

전국을 다니며 수많은 예비 작가를 만났는데, 이런 생각 가진 사람이 많다는 사실에 적잖이 놀랐다.

처음으로 책을 쓰는 초보 작가가, 모든 독자가 자신의 글을 좋아해주길 바란다니 얼마나 당혹스러운 욕심인가. 작가와 책을 좋아하는 독자가 있다. 싫어하는 사람도 많다. 별 관심 없는 이들도 허다하다. 누구나 마찬가지다. 위대한 작가들은 독자에게 기대하지 않는다. 다만, 독자의 마음에 닿기 위해 최선을 다해 글을 쓸 뿐이다.

책 쓰는 일은 의무나 책임이 아니다. 잘 해야 한다는 강박이나 압박에서 자유로울 수 있는 흔치 않은 일이다. 나아가, 작가는 독자를 위해주는 사람이어야 한다. 희망을 전하고, 용기를 북돋아주고, 위로와 격려의 메시지를 전한다. 이런 말들이 거창하게 느껴진다면, 적어도 공감 정도는 끄집어낼 수 있다는 사실을 잊지 말았으면 좋겠다.

직장에서 주어진 업무를 할 때에는 부담과 스트레스를 받는다. 잘해야 한다. 잘하지 못하면 상사에게 혼나는 것은 물론이고 동료들에게도 피해를 줄 수 있다. 당연한 얘기다. 그런데, 길을 가다가 폐지 줍는 할머니가 넘어진 모습을 발견했다면 어떨까? 할머니를 일으켜 세우고 흩어진 폐지를 주워 리어카에 쌓아준다. 압박을 받을까? 스트레스가 심할까? 전혀 그렇지 않다. 몸은 비록 힘들지언정 마음만은 가벼울 터다. 약속시간에 늦을지는 모르겠지만 죄책감을 가지지는 않는다. 왜일까? 돕는 일이기 때문에. 누군가를 돕는다는 것은 이런 마음이다. 부담이나 스트레스를 안는 게 아니라 가볍고 행복하고 보람 있는 일.

책쓰기도 다르지 않다. 내 경험과 지식을 바탕으로 누군가를 돕

는다. 타인의 경험은 최고의 참고 자료다. 물건 하나를 구입할 때에
도 다른 사람이 쓴 후기를 참고한다. 그들의 경험이 정답은 아니겠
지만, 적어도 내 선택에 충분한 영향을 미치는 것은 사실이다. 문자
의 발명이 인류의 성장으로 이어진 것은 시간과 장소를 뛰어넘어
"경험이 공유될 수 있었기" 때문이다.

이은대는 강의를 '잘'하는 사람인가? 이은대는 강의를 '못'하는
사람인가? 이런 질문에 연연하지 않는다. 나는 강의를 하는 사람이
다. '잘'과 '못'이라는 부사를 지워버린다. 강의 무대에 설 때마다 몸
과 마음이 한결 가벼워진다. 눈치 볼 일도 없고 잘해야 한다는 압박
도 없다. 준비한 만큼 강의한다. 자만할 일도 없고 풀 죽을 일도 없
다. 내가 강의하는 이유는, 책을 쓰고자 하는 사람을 돕는 일이기 때
문이다.

잘 써야 한다는 강박에서 벗어나라! 잘 쓰지 못한다는 생각도 집
어던져라! 지금 이 순간에도 당신의 경험이 필요한 사람이 있다. 당
신보다 어렵고 힘들게 살아가는 이들을 위해 기꺼이 펜을 잡아라.
돈을 벌기 위해, 유명해지기 위해, 성공하기 위해……. 사람마다 책
쓰는 이유 다 있겠지만, 이것 하나만큼은 잊지 말았으면 좋겠다.

"내 삶을 글에 담아 세상을 이롭게 하는 책을 펴낸다."

_자이언트 북 컨설팅 비전

6

지금의 발견

　상실의 아픔을 겪어본 사람은 안다. 다음은 없다는 사실을. 죽음을 눈앞에 둔 사람도 안다. 나중은 존재하지 않는다는 것을.

　지금이라는 시간의 소중함은 책이나 강연 또는 옛 현자들의 입을 통해 수도 없이 강조되어 왔다. 공해나 쓰레기가 될지도 모른다는 염려를 하지 않은바 아니지만, 고난을 겪은 후로 누구보다 지금의 가치를 잘 알고 있기에 기꺼이 한 꼭지를 배당했다.

　사업에 실패한 일도, 감옥에 다녀온 치욕스러운 경험도, 경제 능력을 몽땅 상실한 것도, 후회하지 않는다. 가슴을 치며 짐승처럼 오열한 적 있었지만, 지금은 그 모든 순간이 새로운 삶의 씨앗이었다고 믿는다. 바닥에서의 삶을 통해 온갖 모멸과 수치, 그리고 무력감을 느끼며 살았다. 돌이키고 싶지도 않지만, 흔치 않은 시간이 있었기에 쓰는 삶을 만날 수 있었음도 부정할 수 없다. 뭐 자랑스럽기까지야 하겠냐마는, 적어도 부끄럽게 여기지는 않는다.

그럼에도 불구하고 '후회'라는 단어를 떠올릴 때마다 가슴을 후벼 파는 순간이 있다. 세상 뒤편으로 튕겨 나간 순간부터 바닥에서 처참한 삶을 살기까지, 매일 술만 마시며 아무것도 하지 않았던 날들. 무려 6년이다. 돌이킬 수도 없다. 아쉽고 안타깝다. 그 시절의 나를 잠깐이라도 만날 기회가 주어진다면, 1초도 망설임 없이 얘기해주고 싶다.

"은대야! 무엇이라도 좋으니 오늘 할 수 있는 일 한 가지만이라도 해라!"

분명 있었을 거다. 글을 쓰든 책을 읽든 어디 가서 막노동이라도 하든. 할 수 있는 일이 있었을 텐데. 나는 아무것도 하지 않았다. 술만 마셨다. 늘 취해 있었다. 머릿속에는 두 가지 생각뿐이었다.

'할 수 있는 일이 아무것도 없다!'

'내일 아침 눈을 뜨면 모든 것이 제자리로 돌아와 있길!'

상황은 최악으로 치달았다. '지금'을 잃은 사람에게 '내일'은 없었다.

어린 아들에게 종종 짓궂은 장난을 쳤다. 좋아하는 사탕을 손에 쥐고는 펼쳤다 감추었다를 반복했다. 아들은 처음에는 웃으며 손을 뻗다가 급기야는 울음을 터트리고 말았다. 그럴 때마다 아내는 왜 애를 울리냐고 소리를 지르곤 했다.

아들을 울리고 싶은 아빠는 없다. 사탕을 빼앗으며 괴롭히고 싶은 부모도 없다. 필요하다면 눈이라도 빼주고 싶은 것이 아빠의 마음이다. 움직이게 만들고 싶었다. 작은 손 뻗는 행동을 자꾸만 보고 싶었기 때문이었다. 나는 그렇게, 어린 아들에게 기적을 만들어주고 싶었다.

신이 있다면, 이런 부모 마음과 같지 않을까. 처음부터 모든 것을 줄 수 있다. 필요하다면 모든 것을 줄 마음도 있다. 그런데 스스로 이겨내고 극복하고 참고 견디며 단단해지고 일어서고 이뤄내고, 그렇게 하면 반드시 기적을 만날 수 있을 거라고 어른다. 우리가 만나는 시련과 고통은 신의 사탕일지도 모르겠다. 울면서 떼를 쓸 것인지, 아니면 끝까지 포기하지 않고 손을 뻗을 것인지. 선택은 오직 나의 몫이다.

모든 것을 다 잃었다고 생각했지만, 할 수 있는 일은 존재하기 마련이다. 글을 썼고 책을 읽었으며, 망치 한 번 잡아본 적 없던 내가 인력시장에 뛰어들어 3년을 버텼다. 머리가 팽팽 돌아가고 의욕이 불타오르고 희망이라는 점이 조금씩 크고 선명하게 보이기 시작했던 것은 바로 그즈음이었다. 움직이기 시작했을 때. 매일 뭔가 하나라도 행동에 옮기고 실천했을 때. 비로소 보이기 시작했다. 할 수 있겠다는 생각이 들었다. 다시 살 수 있겠다는 용기가 일었다.

한 번 '되겠다' 마음먹은 후부터 탄력이 붙었다. 결과에 연연하고 미리부터 걱정하는 습관도 사라졌다. 오늘 내가 할 수 있는 일에만 집중했다. 이런 태도는 글쓰기에도 자연스럽게 적용되었다. 책 한 권을 생각지 않고 오늘 쓰는 글에만 몰입했다. 시간이 지나고 분량이 채워지면 별다른 노력 없이 출간되었다.

평생 잊지 못할 두 가지 경험을 했다. 첫째, 많은 것을 잃을 수는 있지만 모든 것을 잃지는 않는다는 사실. 둘째, 오늘 할 수 있는 일에만 집중해야 한다는 것. 지금도 나는 이 두 개의 경험을 철학으로 삼고 살아간다.

고통과 시련은 피할 수 없다. 아직 겪어보지 못한 사람은 곧 만나게 될 것이며, 이미 겪었다고 생각하는 사람도 더 큰 고난을 만날 것이다. 악담 같은가? 천만의 말씀이다. 다만 온 마음을 다해 진심을 전하고 있다. 당신이, 그리고 내가 남은 삶에서 만나게 될 숱한 역경들은 결코 우리로 하여금 무릎을 꿇게 만들지 못할 거라는 사실을.

조금은 남들과 다른 경험을 한 덕분에 심장이 단단해졌다. 그리고 알게 되었다. 신이 우리에게서 사탕을 빼앗아가는 것은, 내 삶을 뿌리째 뽑아내겠다는 악의가 아니라 그저 손을 뻗어보라는 신호임을.

오늘을 잃으면 인생을 잃는다. 지금을 쓰면 삶을 얻는다. 나와 같은 마음을 갖기 위해 굳이 다녀올(?) 필요는 없지 않겠는가. 간접 경험으로 삼아 펜을 잡길 소망해본다.

7.
달라지길 원한다면

책 쓰는 일은 흔치 않은 경험이다. 예전과 비교할 바 아니긴 하지만, 상대적으로 적은 수의 사람만이 출간의 기쁨을 누리고 있다. 쉽지 않은 일이다. 결단이 필요하고, 도전하는 용기와 끝까지 쓰는 인내가 수반되어야 한다. 다양한 벽이 가로막는다. 견뎌야 하고, 극복해야 한다. 해서, 그 끝에 이르렀을 때 만나는 열매가 달콤한 거다.

군대에서는 장성급 즉 별을 달면 99가지가 바뀐다는 우스갯소리가 있다. 공관, 전투화, 벨트, 전투복, 지원 차량, 근무 환경 등 실제로 99가지가 무엇인지 일일이 체크해본 적은 없지만, 아무튼 많은 것들이 달라지는 것은 분명한 모양이다. 계급 조직에서 위로 올라가려는 욕망을 품는 것은 어쩌면 당연한 일인지도 모르겠다.

책쓰기는 어떠한가. 인생의 별을 가슴에 다는 일이다. 99가지가 아니라 삶이 통째로 바뀐다. 돈이 쏟아지거나 권력이 생기지는 않지만, 세상을 바라보는 눈 자체가 달라진다.

지난 일을 후회하거나 앞날을 걱정하는 대신, 오늘 지금에 집중한다. 사람을 만나도, 사물을 대해도, 어떻게든 쓸 수 있지 않을까 고민하고 연구한다. 성공과 실패의 개념으로 하루를 보내는 것이 아니라, '글감'을 찾는다는 마음으로 오늘을 마주한다. 부정적인 글을 쓰려고 노력하는 사람은 없다. 어떤 일이 생겨도 나와 타인에게 도움 되는 글로 풀어내려고 노력하고, 그 과정에서 생각 자체가 긍정적이고 밝게 바뀐다. 책을 쓰겠다는 말은 변화하고 성장하겠다는 뜻이다. 돈을 많이 벌거나 유명해지고 싶다는 생각으로 책쓰기를 시작하는 사람들은 빨리 포기할 수밖에 없다. 본질이 다르니까 견디기 힘들 수밖에.

달라지길 원하는 사람은 많지만, 다른 것을 시도하는 사람은 드물다. 작가가 되길 원하는 사람은 많지만, 매일 쓰는 사람은 많지 않다.

아버지는 여든 나이에 매일 등산을 한다. 다리가 아프다, 허리가 아프다, 어지럽다, 잠을 자도 피곤하다, 혈액 순환이 안 된다……. 모임에 나가면 '죽겠다'는 하소연을 늘어놓는 친구들이 많다고 한다. 함께 등산하겠다며 결의를 다지는 주변 친구는 많았지만, 실행에 옮긴 사람은 한 명도 없단다.

독서 모임 운영하겠다며 거창한 선포를 거듭한 지인은 벌써 몇 번째 '창설'과 '폐업'을 반복하고 있다. 매일 독서하겠다는 아들의 말은 이제 믿기지도 않는다.

목표와 계획을 세우고 시작했음에도 불구하고 오래지 않아 포기하는 이유 중 하나는, 결실을 빨리 만나지 못하기 때문이다. 오늘 쓰고 내일 출간할 수 있다면, 아마 지금보다 훨씬 많은 이들이 작가가 되었을 거다. 오늘 운동하고 내일 10킬로그램 빠진다면 다이어트라는 말이 있지도 않았을 테고.

보상은 시간과 노력을 전제로 한다. 열심히 살았는데 결과가 좋지 않다는 말을 종종 듣기는 하지만, 그 '열심히'라는 말은 해석하기 나름이지 않겠는가. 내 경험에 비추어보면, 뼈를 깎는 아픔으로 임했던 일은 모두 성과를 거두었다. 책 쓰는 일이 그랬고, 강의도 다르지 않았으며, 막노동도 마찬가지였다.

새로운 도전에 임할 때는 과거와 다른 노력이 필요하다. 편리하고 빠른 세상이라고 해서 공짜로 얻을 수 있다고 생각하면 착각이다. 세상은 여전히 정성과 땀에 탄복한다. 노력한 만큼 반드시 성공한다는 보장은 없지만, 적어도 노력한 만큼 달라질 수 있다는 사실만큼은 틀림이 없다.

하루 30분. 꾸준히 쓰는 사람에게 출간은 결코 어렵거나 힘든 일이 아니다. 혜성처럼 등장하는 작가도 없지는 않겠지만, 그 작가도 분명 우주 저편에서 먼 길 날아왔을 터다. 눈에 보이는 성과만 높이

보고, 감추어진 노력과 공을 놓쳐서는 안 된다.

달리 생각해보면 참 멋진 일 아닌가. 지난 일과 관계없이, 오직 나의 노력만으로 지금과 미래를 바꿀 수 있다니!

생각하는 데에다 시간을 너무 많이 쓴다. 끌어당김의 법칙 탓일까? 뛰고 땀 흘리고 움직이는 시간보다 가만히 앉아서 결과만 상상하는 사람이 많다는 사실에 놀라지 않을 수 없다. 열 가지의 생각보다 하나의 실천이 중요하다. 모든 성과는 행동에서 비롯된다. 쓰지 않는 사람이 책을 출간할 방법은 없다.

나는 무식하게 노력했다. 배우지 않았고, 경험도 없었다. 형편없는 글이지만 매일 썼다. 중언부언 긴 글보다는 짧고 명확한 글이 읽기 편하다는 사실을 깨달았다. 같은 단어의 반복이 오히려 역효과를 낸다는 사실도 알게 되었다. 주제, 소재, 콘셉트의 차이를 알고 적절히 적용하게 되었다. 상투적 표현이 문장의 힘을 잃게 만든다는 사실도 알았고, 신문 기사 형식의 설명문보다는 이미지가 떠오르도록 '보여주는' 글이 생기 넘친다는 사실도 깨달았다.

속도는 느렸지만, 이만큼 쓰게 된 것에 감사하고 만족스럽다. 대견하고 기특하기까지 하다. 걸어온 길 돌아보고 싶은 마음도 없을 정도로 힘들었지만, 그 노력의 대가가 지금이라면 한 점의 후회도 아쉬움도 없다.

새로운 도전 앞에 주눅 들지 않는다. 묵묵히 한 걸음씩 나아가면 반드시 이룰 수 있다는 확신과 자신을 갖게 되었다. 조급한 마음 내려놓고, 목표지점을 바라보는 시간보다 오늘 한 걸음 걸었다는 사실에 흡족해하는 시간 더 많이 가졌으면 좋겠다. 시간의 권위는 예외가 없다. 후회는 늘 '하지 않은' 일에서 비롯된다. 오늘부터 하나씩, 후회할 일을 줄여보는 것은 어떨까.

chapter **3**

누가
뭐래도
새벽이다

1

거대한 전제

의학 지식 없다. 과학 상식도 부족하다. 복잡한 거 싫어한다. 단순하고 명료한 사실에 충실하며 살아가려 한다. 한때는 바이오리듬이란 것에 혹했다. 사람마다 컨디션 좋은 시간 따로 있다는 논리다. 아침 시간에 집중이 잘되는 사람, 늦은 밤에 성과를 내는 사람. 잘 알지는 못하지만, 고개가 끄덕여지는 '지식'이었다.

나에게는 아침이 잘 맞는지 한밤중이 더 어울리는지, 찾는 노력을 해본 적도 있다. 찾지 못했다. 어떤 날은 아침에 집중이 더 잘되었고, 또 어떤 날은 밤 열두 시에 일이 더 잘 됐다. 나는 바이오리듬이 없는 사람인가.

단순하고 명료한 사실을 따르기로 했다. 인류는, 해가 뜨면 일했고 해가 지면 잠을 잤다. 날이 밝으면 세상은 '시작'했고 어두워지면 사람들은 일을 '마쳤'다. 사람마다 다르고 체질 따라 차이가 있다고는 하지만 그런 건 잘 모르겠으니 거대한 전제에 기대기로 하자, 결심했다.

6년을 잃었다. 감옥에서, 알코올 중독으로, 채권자들에게 이리저리 쫓겨 다닌 세월. 다시 살아보겠다 마음먹었을 때, 잃어버린 6년이 얼마나 아깝고 한이 되던지. 그 심정 이루 말할 수가 없다. 되찾고 싶었다. 돌이킬 수만 있다면 영혼이라도 팔고 싶었지만, 방법이 없었다.

잠을 줄이기로 했다. 하루 4시간 수면. 20시간을 살 수 있다. 하루를 인생으로 보자면, 다른 사람들보다 하루 3~4시간 수명을 연장하는 셈이었다.

극한의 수면 시간으로 자신을 몰아붙이는 일. 일분일초도 허투루 낭비할 수 없었다. 남들이 어찌 보든, 나는 목숨 걸고 잃어버린 시간 되찾기를 결심한 거다.

세상이 말하는 두 가지 통념을 깨부쉈다. 사람은 적어도 하루 6시간 잠을 자야 건강하게 살 수 있다는 말, 그리고 잃어버린 시간은 절대 되찾을 수 없다는 사실. 이 두 가지를 무너뜨림으로써 나를 비롯한 세상을 바라보는 시각을 달리 할 수 있었다.

고정된 진실은 없다. 모든 것은 내가 만들고 바꾸고 판단한다. 다른 사람의 말을 경청하고, 그들의 뜻을 배우고 익힐 때도 있지만, 모든 것은 그저 '참고'할 뿐 전적으로 따르지는 않는다. 직접 경험만큼 확실한 지식은 없다. 적어도 내 삶의 테두리 안에서만큼은 4시간 수면과 새벽의 기적이 최고의 진실이자 가치이다.

잘 쓰기 위해서는 독서를 많이 해야 한다고 권하는 사람이 많다. 저 유명한 "다독, 다작, 다상량"이라는 말에서도 알 수 있듯이, 많이 읽는 것이 쓰기에 도움 된다는 사실은 틀림이 없다 하겠다. 나도 다를 바 없다. 책 읽은 덕분에 형편없던 글쓰기가 그나마 읽을 만해졌다.

책을 읽으면 글쓰기에 도움이 된다. 그러나 "책만" 읽으면 글쓰기는 전혀 나아지지 않는다. 읽기와 쓰기는 병행해야 한다. 많은 사람이 독서를 선행이라 여긴다. 많이 읽으면서 내공(?)을 쌓으면 어느 순간 댐의 수문이 열릴 거라고 기대하기 때문이다.

그런 일은 생기지 않는다. 읽고 쓰고 생각하는 일은 함께 진행할 때만 효과가 있다. 일만 권을 읽고 일천 권을 읽었다는 자칭(?) 다독가들이 출간한 책을 읽어보면, 형편없는 문장에 실망할 때가 한두 번이 아니다. 아무리 글쓰기와 책쓰기가 다르다 하더라도, 기본적인 문법은 지켜야 하고 상식적인 선에서 흐름도 통해야 한다.

"책만" 많이 읽는 것은 쓰고 싶다는 마음을 충동질할 뿐, 실제로 글쓰기 수준을 높이지 못한다. 글쓰기 실력만 놓고 말하자면, 백 권 읽는 것보다 열 줄 쓰는 것이 차라리 낫다. 종일 노래를 듣기만 해서는 훌륭한 가수가 될 수 없다. 헬스클럽에 등록하는 것만으로는 몸을 만들 수 없고, 연애 박사로부터 조언을 듣는 것만으로는 모태 솔로 탈출 힘들다.

노래를 직접 불러야 노래가 늘고, 아령을 들어야 근육이 붙고, 사람을 만나야 사랑이 가능하다. 쓰지 않는 사람이 잘 쓰기를 바라는 것은 먹지 않고 배부르길 바라는 것과 다를 바 없다.

내가 직접 경험해보지 않았다면 이런 말도 하지 못했을 거다. 어쩌면 나도 밤낮으로 책만 읽으며 내공(?)을 쌓고 있었을지 모른다.

지금 이 글을 읽는 독자들에게도 전하고 싶다. 나는 새벽과 적은 수면량으로 인생을 바꾸었지만, 그것이 모든 사람에게 적용되는 공통의 법칙이 될 수는 없다. 적당한 수면과 저녁형 삶으로 성공을 거둔 이도 얼마든지 많다. 글쓰기 실력을 쌓는 방법도 셀 수 없이 다양하다.

자신만의 방식을 찾았으면 좋겠다. 새벽에 일어나 글을 써보기도 하고, 늦은 밤 맥주 한 잔 마시며 책을 읽어보기도 하고, 이렇게도 써보고 저렇게도 써보고……. 다양한 경험을 통해 '나'에게 맞는 방식을 택했다면, 그때부터는 한 치의 의심 없이 밀어붙여야 한다. 당신이 살아가는 방식이 누군가의 막막한 인생에 발자국이 될 수도 있다는 사실을 잊지 말았으면 좋겠다.

적어도 나는 새벽 덕분에 절벽을 기어오를 수 있었다. 세상에는 거대한 전제가 있다. 나는 앞으로도 기본과 상식에 충실한 삶을 살아가려 한다. 누군가 새벽을 원한다면 기꺼이 응원을 보내리라. 함께 열어가는 새벽. 상상만 해도 설렌다.

2.
머리를 비우고 몸을 움직이다

동물을 움직이는 것은 본능이다. 사람을 움직이는 것은 생각이다. 동물을 멈추게 만드는 것은 본능이고, 사람을 망설이게 만드는 것은 생각이다. 사람은 생각 때문에 움직일 수도 있고 멈출 수도 있고 망설일 때도 있다.

생각이 중요하다. 생각이 시작이다. 많은 작가와 동기부여 강연가들이 생각의 중요성을 강조하고, 생각이 모든 것을 이룰 수 있다며 목소리를 높이기도 한다.

이는 사람들이 지나칠 정도로 생각을 하지 않았기 때문에 비롯된 현상이라고 본다. 무턱대고 덤비고 일하는 탓에 무너지고 실패하는 일도 잦았다. 반면, 아무것도 하지 않는 무기력과 의욕 상실도 심각한 문제였다. 생각의 부족은 성패와 나태의 근원이었다.

끌어당김의 법칙이 한반도를 흔들었다. 열심히 일하던 사람들은 손을 놓았고, 게을러빠진 사람들은 움직이지 않아도 될 당위를 얻었다.

조금 다른 시각에서 바라본다. 생각이 모든 행동의 시작이라는 점은 부인할 수 없다. 그러나 시작은 어디까지나 시작일 뿐, 지속과는 개념이 다르다. 시작은 열정으로 가능하다. 지속은 끈기와 인내가 필요하다. 생각은 사람을 움직이게 만들지만, 그 움직임을 계속하게 만드는 것은 생각이 아니라 습관이다. 습관은 어떻게 만들어지는가. 반복된 행동을 통해서다. 두 가지를 철저하게 분리해야 한다.

미라클 모닝에 도전하려는 사람이 있다. 먼저 생각한다. 아침 시간의 가치는 무엇인지, 아침에 일어나 무엇을 할 것인지, 그 일이 자신의 삶에 어떤 도움이 되는지, 성장과 변화를 위해 기꺼이 도전할 만한 가치가 있는 일인지. 피가 끓는다. 다음날 아침부터 새벽 5시에 일어나기로 했다. 여기까지가 생각이고 시작이다. 당장 내일 아침 5시부터는 생각이 아니라 행동이 필요하다. 현실은 어떠한가? 다음날 아침 5시에도 여전히 생각만 한다. 일어날까 말까, 이렇게까지 해야 하나, 내일부터 할까, 5분만 더 잘까……. 생각은 도전과 시작을 만들지만 주저함과 망설임까지 낳는다는 사실을 잊지 말아야 한다.

그렇다면 어떻게 해야 할까? 생각과 행동을 분리해야 한다. 생각은 시작하는 시점까지만 하고 끝낸다. 그 후부터는 머리를 비우고 행동을 우선으로 한다. 좀비. 그렇다! 좀비를 떠올리면 딱이다. 알람이 울리면 일어나 화장실로 간다. 샤워기를 틀고 차가운 물에 머리를 담근다. 이제 돌이킬 수 없다. 냉수 한 잔 마시고, 계획한 일에 착수한다. 글을 쓰든 책을 읽든 운동을 하든. 하기로 했던 일을 그냥 "한다!"

가장 중요한 것은 머리를 비우는 일이다. 무조건 몸을 먼저 움직인다. 흔히 마음이 몸을 움직인다고 생각하는데, 그 반대도 가능하다. 몸의 움직임과 상태가 기분을 좌우할 수도 있다. 왠지 모르게 우울할 때, 두 팔을 쫙 펴고 하늘을 향해 소리를 질러보라. 확실히 마음이 밝아진다. 속이 상해 입맛이 없다면, 고추장에 밥 비벼 한 그릇 뚝딱 먹어보라. 상한 기분이 한결 나아질 거다.

잠에서 깨는 순간에는 몸도 마음도 무겁다. 누구나 마찬가지다. 하루가 지겹거나 삶의 가치와 의미를 전혀 모르는 사람일수록 더 심하다. 뭔가 흥미진진하고 기대 가득한 날 아침에는 어떨까? 웃으며 깨어난다. 이불을 걷어내기가 힘들지 않다. 마음이 무거우면 일어나기 힘들고, 기분이 좋으면 잠에서 깨어나기도 쉽다.

바꿔보자. 벌떡 일어나는 행동으로 기분을 좋게 만들자. 마음이 몸을 붙잡고 늘어지기 전에 행동으로 마음 상태를 통제하는 것이다. 어렵게 느껴질지 모르지만, 머리를 비우면 충분히 가능한 일이다. 앞서 말한 바 있지만, 나는 경험하지 않은 일은 권하지 않는다. 책을 쓰고 너무 좋았으니까 책쓰기를 권한다. 실패를 겪고도 다시 일어선 경험했기 때문에 두려워하지 말라고 조언한다. 4시간 수면은 고통 그 자체다. 결심이나 의지로는 불가능한 도전이다. 물론 내게는 잃어버린 6년을 되찾겠다는 절실함이 있긴 했지만, 그것만으로는 8년 동안 잠을 줄이는 일 가능하지 않다.

생각보다 몸을 먼저 움직인다. 틀을 깨는 방식이다. 어렵지 않다. 내가 했으면 누구나 할 수 있다. 나는 의지가 약한 사람이다. 작심삼일의 아이콘이었다. 지금은 무슨 일이든 할 수 있다는 자신감으로 똘똘 뭉쳐 있다. 일단 시작하기로 했으면 더 이상 생각하지 않는다. 행동한다. 실천한다. 반복되는 행동은 결국 습관이 되고, 습관은 삶을 저절로 나아지게 만든다.

2019년 9월 8일. 금주를 선언했다. 술 마실 기회는 수도 없이 많았지만, 한 방울도 마시지 않았다. 거의 매일 술을 마셨던 내게는 기적 같은 일이다. 가족을 포함한 주변 사람들 한 명도 믿지 않았다. 지금도 미심쩍게 여기는 사람 많다. 중요치 않다. 할 수 있다는 자신감, 해내고 있다는 성취감만 중요하다.

매일 새벽에 일어나고, 매일 글을 쓰고, 매일 책을 읽고, 심지어 술까지 끊었다. 믿기지 않겠지만 하나도 어렵지 않았다. 머리를 비우고 좀비처럼 행동하면 얼마든지 가능한 일이다.

새로운 도전을 앞두고 있는가? 나쁜 습관을 뜯어고치려 하는가? 이제 생각과 결심은 그만하고 당장 몸부터 움직여라. 머지않아 당신의 행동력이 약해빠진 심장을 압도하는 희열을 맛볼 것이다.

3.
그냥자라

몸부터 움직이라는 말을 책쓰기에 적용해본다.

"생각하지 말고, 일단 컴퓨터를 켜고 손가락으로 키보드를 두들겨라!"

독자 중에는 이 글을 읽고 "말이야 쉽지!" 투덜거리는 사람 있을지도 모르겠다. 그만큼 책쓰기가 쉽지 않다는 뜻일 거다.

책을 쓰는 일에는 에너지가 필요하다. 쓰겠다는 결심을 하는 데에도 에너지가 필요하고, 끝까지 쓰는 데에도 많은 에너지가 소모된다. 무엇을 써야 할지 선택하고 어떻게 써야 할지 고민하는 것도 여간 힘든 일이 아니다. 거기에다 투고, 출간계약, 표지 디자인, 독자들의 반응, 판매량까지. 무엇 하나 소홀히 여길 수 없다. 머리가 깨질 것처럼 아플 때도 있고, 속이 답답해 소화불량에 걸릴 때도 많다.

이렇게 어렵고 힘든 일을 하기 위해 가장 필요한 것은 무엇일까? 에너지를 아끼는 일이다. 쓸데없는 낭비를 막고 응축해뒀다가 필요할 때 쾅! 터트려야 한다.

책을 쓰려는 사람들이 흔히 저지르는 낭비는 바로 '결심'이다. 쓰고 싶다는 말, 써야겠다는 결심. 전부 에너지다. 마음먹는 것과 행동하는 것. 무엇이 더 중요한가? 당연히 행동이다. 책쓰기에 있어서 행동이란 키보드를 두드리는 일밖에 없다. 에너지를 쓰려면 행동에다 써야 한다. 생각하고 결심하는 데에다 낭비하지 말고, 오직 쓰는 일에만 에너지를 퍼부어야 한다. 그렇게 해도 만만치 않은 것이 책쓰기다.

다른 모든 일도 마찬가지다. 마라톤 선수는 달리는 일에 집중해야 하고, 학생은 공부에 몰입해야 하며, 연인은 사랑에 목숨 걸어야 한다. 사람이 가진 에너지는 한계가 있다. 그래서 휴식이 필요한 거다. 정해진 양의 에너지라면 선택과 집중 해야 한다.

생각과 결심도 보통 일이 아니다. 엄청난 양의 에너지가 필요하다. 아무런 성과도 내지 못하는 생각과 결심에다 에너지 다 쓰고 나면 정작 필요한 '매일 쓰기'는 금방 지치고 만다. 시작에다 들이붓지 말고 지속에 무게를 두어야 한다. 생각은 한 번만, 실천은 매일! 그런데 우리는 어떤가? 혹시 실천은 한 번뿐이고, 매일 생각과 결심만 반복하고 있지는 않은가?

독서를 시작하려는 이들은 독서법을 먼저 찾는다. 책을 읽다 보면 자신만의 독서법을 찾기 마련인데, 기다릴 수가 없기 때문이다. 정답이 있을 거라는 착각 때문이기도 하다. 자신이 읽는 방식이 옳은지 그른지 판단하지 못한다. 책을 읽는 뭔가 확실하고 빠른 방법이 있을 거라는 짐작을 하고, 시간과 돈을 투자해 그 기술을 찾아다닌다. 독서법 찾아 헤매는 시간 동안 책 읽었으면 독서 고수가 되고도 남았을 거다. 이 모든 것이 결심 때문이다.

책을 읽는 것보다 책을 읽어야겠다는 결심을 더 중요하게 여긴 탓이다. 결심도 습관이다. 읽어야겠다는 결심을 하고 독서법 찾아다니는 그 모든 시간을 전부 '독서'라고 생각하는 엄청난 착각을 하게 된다.

알람을 맞춰두는 것은 미라클 모닝이 아니다. 시계 사진을 찍어 단톡방에 올리는 것도 미라클과는 관계없다. 본질을 놓치고 껍데기에만 관심을 가진다. 변화도 성장도 없다. 일찍 일어나야 한다는 강박으로 자신을 힘들게만 만든다. 기상 시간이 중요한가? 아니면 일어나서 무엇을 하는가가 중요한가! 본질에만 초점을 두면 에너지 낭비를 급격히 줄일 수 있다. 다른 사람들에게 보여주고 선언해서 응원과 호응을 받는 것도 필요하겠지만, 삶이 나아지길 바란다면 정말로 중요한 게 무엇인지 알고 거기에 모든 에너지를 퍼부어야 한다.

절실하지도 않고 필요성도 느끼지 못하면서 굳이 새벽에 일어날 필요 없다. 결심하면서 동네방네 떠들썩하게 만들고, 알람 소리로 온 식구 잠 설치게 만들고, 실패하면 그 화풀이 주변에다 퍼붓고, 주변 사람들 불안하게 하고, 눈치 보게 만들고……. 기적의 아침이 아니라 저주의 아침을 만드는 거다.

책을 쓰는 것은 독자를 위하는 일이라 했다. 선하고 행복한 마음으로 쓰면 그 마음 그대로 독자에게 전해진다. 이것을 책쓰기의 공명이라 한다. 쓰는 과정이 힘들고 고통스럽다면 초심과 본질을 돌아볼 필요가 있다.

내가 살아오면서 겪은 일들을 바탕으로 다른 사람을 도울 수 있는 일. 지금 이 글을 쓰면서 또 가슴이 설렌다. 이것도 병이다. 평생 낫지 않아도 될 만큼 행복하고 기쁜 병이다. 오랜 시간 책상 앞에 앉아 키보드를 두들기는 일은 육체적으로 피로하고 힘든 일이지만, 책을 쓰는 이유와 본질 앞에서 나는 세상 무엇과도 비교할 수 없는 보람과 가치를 느낀다.

돈과 성공, 결과에만 집착하면 책쓰기보다 더 힘든 일은 없다. 기대만큼 결과가 나오지도 않는다. 쓰기 싫다는 마음과 고통만 가득하다면 차라리 쓰지 않는 편이 낫다. 본질도 모르고 가치도 느끼지 못하면서 기상 시간에만 집착하는 사람이라면. 그냥 자는 게 낫다.

4

시간이 전부다

잃어버린 경험은 소중함의 의미를 깨우치게 만든다. 돈, 명예, 권력 등 인간의 기본적 욕망은 물론이고 햇빛, 공기, 바람, 비 등 우리를 둘러싼 환경도 마찬가지다. 쥐고 있거나 누리고 있을 때는 당연하다 여기고, 잃고 나서야 후회한다.

매 순간 '잃어가고' 있음에도 한참 지나서야 비로소 아차 싶은 것이 있다. 시간이다. 나는 (다행히도) 시간의 소중함을 비교적 젊은 나이에 깨달을 수 있었다. 실패로 인해 나락으로 떨어졌던 경험이 바로 그것인데, 허공에 날려버린 시간을 생각하면 가슴 아프지만, 덕분에 지금을 충실히 살 수 있게 된 것에는 진심으로 감사한 마음을 잊은 적이 없다.

시간은 두 가지 의미를 지니고 있다. 무엇이든 할 수 있고 무엇이든 될 수 있다는 무한한 희망. 그리고 아무것도 이루지 못했고 의미 없이 흘려보냈다는 공허한 후회. 미래를 향한 시간과 과거를 돌아보는 시간이다.

희망이란 무엇인가. 쓸 수 있다는 가능성이다. 남아 있는 시간과 건강한 육체와 맑은 정신을 전제로 한다. 삶의 유한함을 인정하지 못하는 무지와 대책 없는 낙관을 낳기도 한다.

후회란 무엇인가. 쓸 수 있었는데라는 불가능성이다. 되돌릴 수도 바꿀 수도 없다는 사실이 확실한데도 자꾸만 잊어버리는 경향이 있다.

희망은 손에 잡히지 않는 시간을 바라보며 평생을 바치게 만들기도 한다. 후회는 발목을 잡아 앞으로 나아가지 못하게 만든다. 둘다 '지금'을 잃게 만드는 치명적인 독소다. '나중에 여유가 생기면 써야지'라는 생각으로 미루는 습관을 만들고, '책 한 권 썼더라면' 한숨 쉬는 습관을 만든다.

둘 다 해봤다. 돈 많이 벌어 멋진 인생 살 거라고 다짐하고는 가족과 여가와 사랑과 우정을 모두 나중으로 미루면서 살았다. 실패한 후 나를 돌아보았다. 장밋빛 미래도 만나지 못했고, '지금' 남은 것도 없었다. 가슴 치며 후회도 해봤다. 왜 그렇게 어리석은 삶을 살았는지 미친 듯이 소리도 질러봤다. 아무 소용없더라. 달라지는 것 하나 없었고 술만 늘었다.

변화와 성장에는 두 가지가 필요하다. 시간과 노력이다. 하루아침에 얻을 수 있는 것은 없다. 땀 흘리지 않고 구할 수 있는 것도 없다. 진리다. 불변의 법칙이다. 상식이며 기본이다. 누구나 알고 있다.

변화와 성장을 꿈꾸는 사람들이 바라는 것도 두 가지다. 빨리 이루고 싶어 한다. 적게 노력하고 많이 얻으려 한다.

진리를 거스르면 '문제'가 발생한다. 우리가 만나는 대부분 문제가 이 두 가지 상호 마찰에서 비롯된다. 필요한 만큼의 시간이 마땅히 존재하는데, 그걸 억지로 줄이려 하니까 대충과 건성과 뒷돈이 생겨나는 거다. 수고 이상의 결과를 욕심 부리니까 다른 사람을 짓누르거나 돈이면 다 된다는 사고방식이 만들어지는 것이다.

모든 일에는 시간이 걸리고 내가 땀 흘린 만큼의 결실만 가져갈 수 있다는 상식과 기본에 충실하기만 하면, 인생에서 만나게 될 문제는 큰 폭으로 줄어든다.

책쓰기에도 시간과 노력이 필요하다. 사람마다 조금의 차이는 있겠지만, 책 한 권 분량의 원고를 하루아침에 집필할 수는 없다. 뚝딱 쓰는 사람 있다 하더라도 독자는 그런 책 신뢰하지 않는다. 공들인 책이 사랑받는다. 작가가 애쓴 만큼 독자는 수월하게 읽는다.

하루라도 빨리 자신의 저서를 만나고 싶다는 사람들은 많은데, 정작 매일 쓰는 사람은 드물다. 무슨 말인가? 쓰기는 싫고 작가는 되고 싶다는 거다. 독자가 들으면 비웃는다. 공부는 하기 싫고 좋은 대학에는 가고 싶다. 이런 마음에서 비롯되는 결과가 입시 비리다. 표절이다. 짜깁기다. 내 글이 아니라 남의 글 베껴서 후딱 책을 쓴다. 대체 무슨 의미가 있는가!

부족하고 모자라도 묵묵히 써야 한다. 처음으로 책을 쓰는 작가가 완벽하길 기대하는 것은 욕심이다. 독자는 완벽한 책을 찾지 않는다. 사람 냄새가 나는 책. 차마 꺼내지 못하는 상처와 아픔을 대신 드러내 치유해주는 책. 솔직하게 이야기하는 책. 작가도 남들처럼 힘들고 부족하다는 사실을 덤덤하게 써 내려간 책. 쓰는 과정을 하나에서 열까지 독자가 지켜본다는 생각으로 써야 한다. 부끄럽지 않아야 한다. 최선을 다했다는 말을 자신에게 할 수 있어야 한다.

빨리 끝내려는 생각도, 질질 끄는 것도 별 도움 되지 않는다. 마감을 정해놓고 자신의 속도에 맞게 매일 꾸준히 쓰다 보면 어느새 책 한 권 분량의 원고가 완성될 것이다. 사람은 누구나 시간과 공을 들인 자신의 작품에 애정을 갖게 된다.

새벽을 강조하는 이유가 여기에 있다. 시간을 당겨 사용하면 여유가 생긴다. 여유가 생긴다는 말은 곧 조급한 마음을 내려놓을 수 있다는 뜻이다. 글이 나아질 수밖에 없다. 글이 나아질수록 쓸 맛이 난다. 글이 좋아지면 인생도 좋아진다.

변화가 절실하다면, 성장을 갈망한다면, 시간으로 승부를 걸어야 한다. 세계를 지배하려 들지 말고 시계를 지배하라고 했다. 하루를 쥐는 사람이 인생도 쥘 수 있는 법이다.

5.
견디는 힘

새벽을 좋아하는 이유는 힘이 생기기 때문이다. 누구나 마찬가지겠지만, 나는 특히 감정의 소모를 싫어한다. 어릴 적부터 곁에서 누군가 다투기만 해도 신경이 곤두섰다. 나와는 아무런 상관도 없는 다툼인데도 심장이 벌렁거려 아무것도 할 수가 없었다. 누나가 혼나면 내가 혼나는 것 같았고, 부모님 다투시면 문 걸어 잠그고 귀를 막았다. 성격이 예민했던 탓인지 아니면 정신적으로 문제가 있었던 것인지는 잘 모르겠지만, 아무튼 어린 시절의 나는 눈치를 보거나 주변 분위기를 살피느라 에너지를 낭비하며 살았다.

어른이 되어서도 마찬가지였다. 회사에서는 사무실 분위기가 조금만 어두워도 견딜 수가 없었고, 친구들과의 술자리에서도 누군가 목소리가 커진다 싶으면 서둘러 자리를 뜨곤 했다.

나와 아무런 관계도 없는 상황, 내 잘못이 아닌 사건들. 쓸데없는 일에 신경 쓰고 조바심 내는 일이 얼마나 사람을 힘들게 만드는 지 겪어보지 않은 사람은 알지 못한다.

고난과 시련을 겪으면서 결심한 바가 있다. 앞으로는 누구도 내 삶의 울타리를 침범하도록 만들지 않겠다! 내 마음을 향한 결심이 었다. 나를 지키기로 마음먹었다.

힘들었다. 변화는 만만치 않았다. 습관을 바꾸는 것은 엄청난 노력이 필요한 일이었고, 그 중에서도 감정의 습관을 뜯어고친다는 것은 사람을 통째로 바꾸는 일이나 다름없었다.

첫 번째로 시도했던 일은, 타인의 말이나 행동에 무관심 하려는 노력이었다. 나와 관계없는 일은 물론이고, 나를 향해 던지는 말에 조차 신경을 껐다. 미미했지만 효과는 있었다. 다만, 너무 힘들었다는 점은 부정할 수 없다. 어떤 노력이든 쉽게 이루어지는 일이 있겠냐마는, 감정을 바꾸기 위해 애쓰는 것은 아예 '다른 사람'이 되려는 그것과 다를 바 없었다.

힘이 빠지면 아무것도 하기 싫고 할 수 없다. 일도, 공부도, 사랑도, 모두 마찬가지다. 그래서 나는 항상 힘을 중요시하고 아끼려 노력한다. 힘이 넘쳐나는 순간을 기억해뒀다가 필요할 때마다 그 순간을 활용하기도 한다.

새벽이 그랬다. 4시간 수면 도전을 막 시작했을 무렵, 처음 열흘 동안은 죽는 줄 알았다. 걱정과 근심으로 불면의 밤을 보내던 시기였고, 막노동으로 뼈까지 부서질 지경이었다. 그런 상황에서 잠을 극단으로 줄였으니 몸도 마음도 버틸 재간이 없었다.

새벽 4시에 알람이 울리면 즉시 화장실로 뛰어가 샤워기 찬물에 머리를 담갔다. 순간적으로 정신이 들었고, 그 정신으로 책상 앞에 앉아 두 시간 동안 글을 썼다. 6시가 되면 서둘러 채비를 하고 인력 시장으로 갔다. 저녁 7시쯤 집으로 돌아와 저녁을 먹고, 잠시 쉬었다가 밤 9시부터 세 시간 동안 글을 쓰고 책을 읽었다.

지금부터가 중요하다. 죽을 것만 같았던 4시간 수면과 육체노동이 어느 순간 견딜 만하다 느껴지기 시작했다. 정확하지는 않지만, 대략 보름 정도 지난 후부터였던 걸로 기억한다. 실제로 리듬이 바뀐 것인지 아니면 그렇게 느낀 것뿐인지 확인할 길 없지만, 아무튼 새벽 기상은 내게 엄청난 에너지를 가져다주었다.

첫째, 새벽 두 시간 글쓰기로 오늘 내가 해야 할 일을 다 했다는 성취감을 가질 수 있었다. 남은 하루를 가볍고 상쾌하게 보낼 수 있는 동력이 되었다. 두 시간의 글쓰기가 열 시간의 중노동을 극복하게 만들어 준 것이다.

둘째, 매일 글을 쓰다 보니 정말 작가가 된 것 같았다. 아직 책 한 권 출간한 적 없었지만, 나는 누가 물어도 "작가입니다!"라며 당당하게 대답하고 다녔다. 거칠고 고된 막노동 현장을 벗어날 수 있을 거라는 희망이 선명하게 보였다. 눈에 보이는 성과가 없음에도 불구하고 그토록 자신감 넘칠 수 있었던 이유. 틀림없는 새벽의 선물이었다.

셋째, 마음에 여유가 생기기 시작했다. 예전의 나였다면, 하루 열 시간 글을 쓰고도 불안했을 터다. 무슨 일이든 죽을 각오로 해야만 이룰 수 있다고 믿던 나였다. 그런데, 새벽에 글을 쓰니까 종일 막노동 하면서도 전혀 불안하지 않았다. 아마도 초집중 상태로 글을 쓴 때문이리라. 새벽은 애쓰지 않고도 집중할 수 있는 최고의 시간이다.

미라클 모닝을 결심한 적 없었다. 이를 악물거나 주먹을 불끈 쥐지도 않았다. 잃어버린 시간을 되찾기 위한 유일한 선택이었다. 단순히 잠을 줄여야겠다는 생각으로 시작했고, 이왕이면 덤으로 생긴 시간 동안 뭔가 생산적인 일을 해야겠다 마음먹은 게 전부였다. 그것이 내게는 새벽이었고 글쓰기였다.

변화와 성장을 원하는가? 삶이 달라지길 기대하는가? 힘을 잃지 마라. 에너지를 응축하라. 굳이 새벽을 활용할 필요도 없고 4시간 수면을 따를 이유도 없다. 자신의 하루 중에서 가장 에너지 넘치는 시간을 활용하기만 해도 얼마든지 인생 바꿀 수 있다.

틈새 시간을 이용하는 것. 아니면, 나처럼 잠을 줄여서라도 달라져야 한다. 그렇게까지 해야 하냐고? 그렇게까지 해야 한다! 동의하지 않는다면 변화를 꿈꾸지 마라! 자신의 힘으로 시간을 이기지 못하는 사람은 인생도 이길 수 없다.

괜찮다는 말. 달콤하고 유혹적이다. 물어보고 싶다. 정말로 괜찮은가? 본인 탓이 아니라 사회 구조 탓이고, 기성세대 잘못이니 당신은 애쓰지 않아도 된다는 위로와 격려의 말. 가슴 짠하고 눈물이 핑 도는가? 전부 마약이다. 속지 말아야 한다. 괜찮다는 말을 건네는 사람들의 인생을 한번 보라. 그들은 정말로 괜찮다. 돈도 많고 직업도 번듯하고 걱정할 게 없는 사람들. 우리는 어떤가? 눈물 닦고 돌아서면 차가운 현실과 당장 마주해야 한다. 하나도 괜찮지 않다. 내가 가진 힘으로도 얼마든지 바꿀 수 있는데, 왜 멈춰 서서 거짓과 위선에 기대려 하는가.

새벽은 정신을 번쩍 들게 만든다. 힘을 만드는 시간이다. 동이 트는 순간의 에너지를 온몸으로 빨아들일 수 있는 시간이다. 이부자리와의 싸움에서 이길 힘만 있다면, 어떤 고난과 역경도 견딜 수 있다. 새벽은, 견디는 힘이다.

6

작가가 되길 바라지 말고, 작가의 삶을 살아라

동료 작가와 저녁을 먹은 적 있다. 가까운 백반집. 눈에 띄는 메뉴가 있었다.

'조갯살 들어간 순두부찌개'

동료 작가와 나는 망설임 없이 조갯살 들어간 순두부찌개를 시켰다. 주변을 돌아보니, 다른 손님들도 대부분 같은 메뉴를 먹고 있었다.

"우리 식당 인기 메뉴에요."

종업원은 자랑스러운 듯 말하면서 뚝배기 두 그릇을 놓고 갔다. 별 맛이 없었다. 적어도 내 입에는 다른 식당 순두부찌개와 하나도 다르지 않았다.

이 메뉴는 도대체 왜 인기가 많은 걸까? 답은 메뉴판에 있었다. 조갯살 들어가지 않은 순두부찌개는 없다. 그러니까 세상 모든 순두부찌개는 '조갯살 들어간 순두부찌개'인 셈이다. 당연하게 여긴 탓에 식당 주인도 손님들도 모두 '순두부찌개'로 통하는 거다.

당연하게 여기는 말을 메뉴판에 적었을 뿐인데, 그 식당은 순두부찌개 하나로 본전 뽑고도 남는다. 아이디어가 아니다. 관심이다. 관찰이다. 펄펄 끓는 순두부찌개를 쳐다보다가 살짝 눈에 띄는 조갯살을 봤겠지. 그리고는 '조갯살 들어간'이라는 여섯 글자를 순두부찌개 앞에다 적어 넣었을 거다. 주인장의 관심과 눈썰미가 손님들의 입맛을 끌어당겼다.

식당 주인은 작가가 될 자질이 다분하다. 조갯살 안 들어간 순두부찌개가 어디 있냐며 식당 주인의 트릭을 눈치챈 나도 기본은 된다. 작가는 새로운 글감을 찾는 사람이 아니다. 매일 매 순간 마주하는 것들에서 '새로움을 보는 눈'을 가져야 한다.

어벤져스가 지구를 구하는 이야기에만 매달리지 말고, 오늘 아내와 나눈 대화에서 삶의 의미를 찾을 수 있어야 한다. 아이들의 놀이에서, 거리 풍경에서, 커피 한 잔에서, 친구의 전화에서, 부모님 주름에서, 연인의 눈물에서, 동료의 어깨에서, 무궁무진한 삶의 이야기가 펼쳐진다는 사실을 잊지 말았으면 좋겠다.

그렇다면, 이러한 작가의 태도와 새벽은 무슨 관계가 있는 걸까? 작가가 되고 싶고 작가가 되어야겠다는 생각은, 아직 작가가 되지 못한 자신을 반복해서 그리는 것과 마찬가지다. 사람의 뇌에는 망상활성계Reticular Activating System라는 장치가 있는데, 이 장치는 쉽게 말해 무슨 생각이든 '증거를 찾는' 역할을 한다. 진실 여부에 대하여는 전혀 관심 없고, 오직 주인의 생각에 어울리는 증거만 찾는다. 작가가 되고 싶다고 생각하면 아직 작가가 아니라는 말로 해석하고 '작가가 아니라는 증거자료'를 찾느라 팽팽 돌아간다.

만약, "나는 이미 작가다!"라고 생각하면 어떻게 될까? 망상활성계는 '주인이 작가임을 증명하는 자료'를 찾기 시작한다. 망상활성계라는 장치가 이러한 활동을 최대한 오래 하도록 만들 수 있다면 내게 도움될 것이 틀림없다.

그래서 새벽이다. 하루를 시작하는 무렵부터 뇌의 활동을 적극적으로 이용해야 한다. 뇌의 도움을 받는 것은 공짜다. 별 노력도 들지 않는다. 작가처럼 생각하고 작가처럼 쓰고 작가처럼 세상을 본다. 그렇게 하면 뇌는 '작가가 틀림없다'는 사실을 증명할 수 있는 자료를 찾고 모으는 데 총력을 기울이게 된다.

작가처럼 생각하고 작가처럼 쓰고 작가처럼 세상을 본다는 것은 어떤 의미일까? 몸을 앞으로 45도 기울이라는 말이다. 쓰겠다고 덤벼야 한다는 뜻이다. 쓰기 싫고 쓸 거리 없고 쓰는 방법 모르겠다며 징징거리지 말고, 무조건 쓸 수 있고 무엇이라도 쓰겠다는 마음을 먹어야 한다. 일단 덤벼야 싸움이 나고, 싸움이 나야 승부가 갈린다.

무슨 일이든 능률이 최고치로 오르는 순간은 '시작'이다. 잠에서 깨어난 직후, 뇌는 백퍼센트 충전이 완료된 상태다. 이럴 때 임무를 주어야 한다. 내가 작가임을 증명토록 하라!

어딜 가나 글감이 눈에 띄고, 무슨 일이든 쓸 것들로 보인다. 사람을 만나도 쓰고 싶고, 대화를 나눠도 옮겨 적고 싶다. 매일 마주하는 사람과 사물과 사건에서 뭔가 쓸 만한 의미를 찾아냈을 때의 희열은 말로 표현하기 힘들다.

작가가 되기 위해 노력해야 한다는 말은 이론뿐이다. 실체가 없다. 노력이라는 말은 맥 빠지게 만든다. 누군가를 만나면 그 모습을 글로 옮기는 상상을 해보라. 상대의 말을 받아 적으면서 대화해보라. 길을 걷다 꽃을 만나면, 그냥 예쁘다 지나치지 말고 어떻게 써야 이 예쁨을 독자에게 전달할까 고민해보라.

혼자서는 힘들다. 뇌의 도움을 받아야 한다. 눈에 빛이 나도록, 모든 일에 관심 가지도록, 사소한 일도 지나치지 않도록, 그런 하루가 될 수 있게 뇌를 활용해야 한다. 퇴근 시간 다 되었는데 직장 상사가 업무지시를 내리면 기분이 어떨까? 하고 싶은 마음 전혀 생기지 않고 불평과 불만만 가득해질 거다. 지시와 명령은 아침에 내릴수록 효과가 크다. 새벽에 일어나 뇌를 복종시켜라! 하루가 달라지는 만큼 새벽 기상은 점점 더 수월해질 것이다.

작가가 되길 바라지 말고, 작가의 삶을 누려야 한다. 특별한 자격이 필요한 것도 아니고, 예전처럼 등단의 문을 통과해야만 작가가 될 수 있는 시대도 아니다. 작가는 쓰는 사람이다. 매일 쓸 수 있도록, 지치지 않도록, 자신을 몰고 가야 한다. 새벽은, 오늘 하루를 작가의 삶으로 만드는 가장 쉬운 방법이다.

chapter 4

쓰고 읽었다, 모든 것이 달라졌다

글 쓰는 삶이란

글 쓰고 책 읽으며 살게 될 줄 꿈에도 몰랐다. 쓰지도 않았고 읽지도 않았으며 배운 적도 없었다. 고난을 겪으면서, 그저 할 수 있는 일이라고는 쓰고 읽는 것밖에 없었기 때문에 시작한 길이다. 영감 따위 없었고, 자기계발을 위한다는 목적도 없었다. 대단한 글을 쓰는 것도 아니었고, 깨우침의 독서도 아니었다. 매일 쓰고 읽으면서 한 가지 좋았던 점은, 시간이 참 잘 간다 정도였을까.

세상으로 다시 돌아와 번듯한 책상과 구닥다리 노트북을 앞에 두고 글을 쓰기 시작했을 때 처음으로 느꼈다. 내가 하고 싶은 말이 손끝을 타고 제법 써질 때의 환희! 목표도 계획도 없이 시작한 글쓰기가 1년 6개월 만에 감동과 눈물로 바뀌는 순간이었다. 그 후로 펜을 놓지 않았다.

쓰는 삶이란 무엇인가? 작가마다 각자 생각 있겠지만, 내게 있어 글쓰기란 존재 이유이자 소명이다. 손발 오그라드는 소리가 들린다. 어쩌겠는가. 사실이다.

무너진 삶의 끝자락에서 한 치 앞도 보이지 않는 날들을 보내다가, 쓰는 삶을 통해 다시 일어섰다. 내게 글쓰기는 희망이자 축복이고 살아가는 이유가 되기에 충분했다.

지금은 집필과 강연으로 먹고 산다. 생계 수단이면서도 일처럼 여긴 적 한 번도 없다. "내게 직업이란 없다. 오로지 소명 받은 천직이 있을 뿐."이라고 했던 알베르 카뮈의 말이 뼈에 와 닿는다. 일과 삶이 하나 되는 궁극의 기쁨과 행복을, 나는 얻은 것이다.

나는 패배자였다. 실수하고 실패하고 잘못을 저질렀다. 벌 받아 마땅한 사람이었는데, 왠지 내 가슴속에는 응어리진 뭔가가 가득했다. 입이 열 개라도 할 말이 없어야 했는데, 하고 싶은 말들이 터져 나올 것만 같았다. 억울하고 분하다는 뜻이 아니었다. 살고 싶다는 외침이었다. 살아야 한다는 필사적인 목소리였다. 추락하는 사람이 나뭇가지를 잡듯, 온몸으로 펜을 쥐고 매달렸다. 무엇을 써야 할지, 어떻게 써야 할지, 고민할 틈조차 없었다. 문장은 엉망이었고 내용도 흐름도 뒤죽박죽이었다. 쉽지 않았다. 쓸수록 어려웠다. 그래서 쓰는 동안만큼은 딴 생각을 전혀 하지 않을 수 있었다. 만약 글쓰기가 쉬운 일이었다면, 나는 쓰지 않았을지도 모른다.

그렇게 내 자신의 고통과 마주하고 나니까, 이제는 타인의 아픔이 보이기 시작했다. 저 사람도 힘들겠구나, 저 사람도 아프겠구나, 저 사람도 답답하겠구나……. 동정이 아니라 이해였다. 구경꾼이 아니라 그 사람이 되어볼 수 있었다.

책쓰기 수업에는 다양한 사람이 참여한다. 남다른 상처와 아픔을 가진 사람도 있고, 신체적 정신적 불편함으로 고생하는 사람도 많고, 가족이나 사랑하는 사람을 잃거나 버림받은 사람도 드물지 않다. 먼저 내 이야기를 한다. 그리고 그들의 이야기를 듣는다. 말로는 표현하기 힘든 사연들을 글로 나눈다.

만약 내가 그토록 힘들었던 시간을 겪지 않았더라면, 과연 그들의 이야기에 귀 기울일 수 있었을까. 또 그들은 내게 자신의 이야기를 눈물과 함께 털어놓을 수 있었을까.

공감은 서로의 입장과 마음을 이해하고 기쁨과 슬픔을 함께 느끼는, 일체가 되는 마음이다. 문턱에 엄지발가락을 찧었다는 글을 읽었을 때 인상이 절로 찡그려지는 이유는, 경험을 통해 그 통증을 잘 알고 있기 때문이다.

상처와 아픔이 새로운 삶의 씨앗이 된다는 말의 뜻이 바로 이런 거다. 절망과 좌절만으로 끝내는 삶은 다음이 없지만, 내게 주어지는 고난이 다른 사람을 위한 소중한 경험으로 사용될 수 있다는 사실을 안다면 결코 쓰러질 수 없는 힘을 얻을 수 있다.

모든 글은 작가의 경험과 지식의 범주 내에서만 쓸 수 있다. 쓰지 못하는 사람 중에는 자신의 경험을 보잘 것 없다고 여기는 이들이 많은데, 이는 잘못된 생각이다. 나는 타인의 경험을 읽으며 좋고 나쁨을 판단하지 않는다. 배울 점을 찾는다. 무조건 있다. 특히, 사사로운 경험에서 가치 있는 메시지를 발견했을 때의 기쁨은 어떤 만족감에도 비할 바가 못 된다. 족집게 과외처럼 정답을 찾아내지는 못하지만, 그들의 경험은 내가 살아가는 길에 더할 나위 없이 큰 도움이 된다.

그래서 나는 누구를 만나든 글을 쓰라고 권한다. 책을 출간하라고 목소리를 높인다. 대수롭지 않은 삶은 없다. 가치 없는 존재도 없다. 모든 것을 잃고 살아갈 희망을 잃었을 때, 내게도 여전히 누군가를 도울 만한 힘이 남아 있다는 사실만큼 용기가 되는 일은 없었다.

오늘 내가 쓰는 글이 세상을 움직이지는 못한다. 지금 쓰는 책이 박수와 갈채를 받는다는 보장도 없다. 그러나 나는 쓰기를 멈추지 않는다. 내 아픔과 상처, 고난과 역경의 경험이 누군가에게는 다시 살아갈 힘이 될지도 모른다는 생각을 하면, 도저히 펜을 놓을 수가 없다.

쓰지 않는 나는 아무것도 아니다. 읽지 않는 나는 공허하다. 살아간다는 것은 글을 쓴다는 것이다.

2

누구를 위해 쓰는가

여기까지 읽은 사람 중에는 혹시 내가 타인과 세상을 위해 글 쓰는 거창한 사명감을 지닌 사람이 아닌가 오해하는 이들도 적지 않을 것 같다. 그래서 짚고 넘어간다. 내가 글을 쓰는 첫 번째 이유는, 나를 위해서다.

솔직히 나도 그럴듯한 이유로 포장해서 멋있고 폼 나는 글쓰기를 말하고 싶다. 위선과 가식이 얼마나 치명적인 추락을 가져오는지 잘 알기에, 이제는 진실만을 말하려 한다.

글 쓰는 일이 좋다. 의미와 가치 이전에, 쓰는 동안 기분 좋고 행복하다. 8년간 매일 글을 썼다. 덕분에 쓰는 요령이 좀 생겼다. 적어도 하루 두 번, 때로는 하루에도 몇 번씩 노트북을 펼친다. 원인과 결과, 경험과 느낌, 주장과 근거 등이 의도한 대로 써질 때, 그 쾌감은 하늘을 찌른다. 누가 읽지 않아도 좋고, 평가에 연연하지도 않는다. 쓰는 동안 행복하고, 다 쓰고 나면 뿌듯하다. 나를 위해 쓴다. 글 쓰는 첫 번째 이유다.

　내 경험과 느낌을 적은 것뿐인데, 블로그에는 "어쩜! 내 마음을 이리도 잘 아실까요!"식의 댓글이 자주 보인다. 공감받는 글을 쓸 수 있는 최고의 방법은 그저 자신의 이야기를 솔직하게 적기만 하면 된다는 뜻일 터다. 나를 위해 쓴 글이 타인의 마음에도 닿은 것이다. 이러니 쓰지 않을 수 있겠는가. 잘 썼다는 칭찬은 오래지 않아 사라진다. 여운이 남지도 않는다. 하지만 마음이 통한 글은 가슴에 남는다. 작은 경험이 공감을 낳고, 공감은 따뜻한 관계를 만들며, 글로 이어진 관계는 여간해선 무너지지 않는다. 때문에, 작가는 마음에 닿는 글을 쓰도록 노력해야 하며, 혹여라도 상처와 아픔을 주는 글은 절대 쓰지 말아야 한다. 나를 위한 글이고 타인을 향한 글이다. 한 줄이라도 정성 담아 써야 한다.

　나를 위해 쓴다는 말은 대충 써도 된다는 뜻이 아니다. 어쨌든 책은 불특정 다수를 대상으로 상품화되는 물건이다. 독자는 돈을 지불하고 내 책을 사며, 시간과 노력을 투자해 내 글을 읽는다. 정신 똑바로 차리고 긴장하며 써야 한다. 거짓과 과장은 가차 없이 잘라내야 하며, 지나친 겸손이나 굴욕도 절단해야 한다. 내 멋대로 쓰는 게 아니라 내 멋을 충분히 드러낼 수 있는 글을 써야 한다. 세상에서 가장 아름다운 사람은 '그 사람다울 때'이다. 원숭이는 나무 탈

때 가장 멋있고, 물고기는 헤엄칠 때 모습이 최고다.

　"제 글은 너무 어두워요."

　열심히 글 쓰다가 멈춘 어느 예비 작가의 하소연이었다. 어릴 적
부터 친부모로부터 폭행을 당했고, 학창 시절 왕따 당했으며, 사랑
에 빠졌던 남자로부터 버림을 받았다. 직장에서는 계약직으로 온
갖 설움 당하며 일했고, 경제적으로 궁핍해 옷은 늘 초라했다. 이런
과거를 가진 사람의 글이 유쾌 발랄하다면 그게 더 이상한 것 아니
겠는가. 글은 삶이다. 값비싼 장신구로 치장을 해도 눈빛은 속일 수
없듯이, 갖은 미사여구로 화려한 문장을 써도 삶은 속일 수가 없다.
어두운 글이 나쁘다고 누가 말했는가. 에필로그에 당당하게 쓰면
된다.

　"어두운 글 읽어주셔서 감사드립니다. 이 책을 쓰는 동안 작은
빛이 보였습니다. 조금은 밝은 글로 다시 여러분 뵙게 되길 기대해
봅니다."

　직장생활 적응하지 못해 이리저리 옮겨 다녔다는 남자는, "저 같
은 사람도 책을 쓸 수 있을까요?"라며 풀 죽은 목소리로 물었다. 직
장생활 적응하지 못한 사람이 어디 한둘이겠는가. 그들에게 힘줄
수 있는 책을 써 보라고 권했다.

　이혼한 게 무슨 자랑이라고 그런 걸 책에다 쓰냐며 눈을 치켜뜬

사람도 있었다. 자랑도 아니지만, 잘못도 아니다. 책은 자랑하려고 쓰는 게 아니다. 있었던 사실을 그대로 적고, 거기다 자신의 감정을 솔직하게 덧붙인다. 부끄러운 과거, 숨기고 싶은 비밀도 있겠지. 세상에는 그런 사람 천지다. 나도 그랬다. 전과자 파산자라는 사실을 떠벌리고 싶은 사람이 어디 있겠는가. 내가 용기를 낸 덕분에, 전과자가 글을 쓰기도 하고 파산자가 살겠다는 의지를 갖기도 했다. 숨기고 감추면 죽는 날까지 묻어두고 살아야 한다. 글로 쓰고 책으로 내면 스스로 새로운 가치를 부여할 수 있다. 자신의 삶에 당당해지고, 타인의 삶에 위로와 격려를 전한다.

글을 쓰는 이유는 여러 가지다. 사람마다 다르다. 그러나 꾸준히 쓰는 사람들에게는 공통점이 있다. 쓰는 행위를 못 견딜 만큼 싫어하지는 않는다는 사실. 가지각색의 이유가 있겠지만, 어쨌든 그들은 글쓰기를 좋아한다. 때로 스트레스를 받기도 하고, 다시는 쓰지 않을 거라 결심하는 때도 없지 않겠지만, 그럼에도 불구하고 나는 안다. 그들은 여전히 쓸 것이며 글을 통해 다시 살아갈 힘을 얻게 될 거란 사실을.

음악은 실시간으로 사람의 마음을 진동시키지만, 글이 마음에 닿기까지는 시간이 걸린다. 당장 드러나는 감동과 희열이 없다 하여 펜을 놓겠다는 사람 있다면, 글 쓰는 첫 번째 이유가 자신을 위함임을 잊지 말았으면 좋겠다.

백지가 채워지는 만큼 가슴도 채워진다. 나는 아팠지만 당신은 조금 덜 아프기를, 나는 힘들었지만 당신은 조금 쉴 수 있기를, 나는 죽고 싶었지만 당신은 삶을 놓지 않기를, 내 삶이 당신에게 희망과 위로가 되길. 이런 마음으로 글을 쓰는 동안 따뜻해지는 건 내 마음이다.

세상을 보는 눈

K는 막노동 현장에서 만났다. 나보다 두 살 위다. 살면서 만난 몇 안 되는 복이자 감사이다. K가 맨 처음 내게 건넨 말을 아직도 생생하게 기억한다.

"은대 씨는 머리 쓰는 일을 하면서 살았나 보네요. 손이 곱다. 겁 먹지 말고 부딪쳐요. 껍질 몇 번 벗겨지고 나면 손도 바뀌고 몸도 바뀝니다."

하다 보면 적응될 거라는 말보다 훨씬 무게감 있게 다가왔다. 힘들 때마다 그 말을 곱씹으며 내 손에 껍질이 몇 번이나 벗겨졌나 확인하곤 했다.

조금 다른 경험을 하면서 깨달은 바가 있다. 사람은 어떤 환경에서도 적응한다는 사실. 나를 버티게 해 준 힘이자 심장까지 얼어붙을 만큼 두려운 일이기도 했다.

삐빅! 철문이 열리고 처음 방(?)에 들어섰을 때, 그 참담하고 두려운 마음을 어찌 말로 표현할 수 있을까. 내가 어쩌다 이곳에 오게 됐을까. 내가 어쩌다가 이런 인간들과 함께 섞이게 됐을까. 내가 왜! 내가 왜! 내가 왜! 짐승처럼 울면서 잠 못 이루는 밤을 몇 번 보내고는, 나는 거짓말처럼 밥을 맛있게 먹고 있었다. 옆 사람과 농담을 주고받고, 큰 소리로 웃고, 코를 골며 잠을 잤다. 문득 그런 내 모습을 발견했을 때, 어처구니가 없고 한심스럽기도 해서 자신을 향해 욕을 퍼붓곤 했다. 무서운 적응력이었다.

막노동 현장에서도 마찬가지였다. 처음에는 하루하루가 고역이었다. 내가 왜 이렇게 살고 있는지 기가 막혔다. 한여름 뙤약볕에 얼굴이 새카맣게 탔고, 12월 한파에 동상이 걸리기도 했다. 바닥에서의 삶에 치를 떨면서도, 한편으로는 이렇게 사는 것도 살 만하다 싶은 생각이 드는 것이었다. 소름 돋는 적응력이었다.

그렇게 나는 적응을 했고 버텼고 그곳을 벗어났다. 다짐했다. 잊지 않겠다고. 새로운 삶을 만나 가슴 떨리게 행복한 날 만나더라도, 참혹했던 순간들을 절대 잊지 않을 거라고. 뼈에 문신이라도 새기고 심장에 알람이라도 맞춰 시시각각 선명하게 떠올릴 거라고.

덕분에 나는 지금도 입과 배에 기름이 찰 때면 초심으로 돌아가기 위해 노력할 수 있다. 오만과 건방으로 사람을 우습게 여기는 마음이 스물스물 차오를 때면, 그 시절 떠올리며 아래쪽으로 내려간다.

손바닥에 껍질이 몇 번 벗겨지고 나면, 머리 쓰는 삶이 힘쓰는 삶으로 바뀐다. 나를 둘러싼 삶의 껍질이 몇 번 벗겨지고 나면, 세상을 보는 눈이 달라진다.

더럽고 초라한 삶은 없다. 냄새는 그들의 몸에서 나는 게 아니라 치열한 삶의 흔적에서 풍기는 거다. 적어도 그들은, 자신의 삶에 자신의 하루에 누구보다 최선을 다하며 살아간다. 허리가 뽑혀 나갈 만큼 육중한 짐을 이고 진 대가로 일당 십만 원을 받는다. 삶이 초라한 게 아니라 돈이 초라할 뿐이다. 정말로 초라한 것은, 땀 흘리며 일하는 사람을 낮게 보는 같지도 않은 인간들의 눈과 마음이다. S전자가 사흘 쉬면 나라 경제가 흔들린다고 한다. 대한민국 육체노동자 전부 하루만 손을 놓아도 못지않은 공황이 발생할 거다. 어떤 자리에서든 최선을 다해 살아가는 모습은 아름답고 인정받을 가치 충분하다. 내 삶이 소중하듯 타인의 삶도 아껴주어야 한다. 겪어보니 그렇더라. 죽을죄를 지어 인생 망가진 사람보다 열심히 살다가 발을 삐끗한 사람이 더 많았다.

세상과 사람들을 허투루 보면서 살았던 지난 세월을 후회한다. 관심과 애정을 갖고 나와 같은 삶으로 보았더라면, 욕심과 고집을 내려놓을 수 있지 않았을까. 같은 삶이라는 생각이 곧 사랑이고 배려임을, 그것이 곧 나를 위함임을 미리 알았더라면 얼마나 좋았을까.

책을 쓰는 일은 다르게 보는 눈을 키우는 일이다. 고정관념을 넘어서야 한다. 내가 생각하는 상식과 통념이 전부가 아님을 알 때, 비로소 글은 '술술' 써지기 시작한다. 기본과 예의가 없는 사람이라며 화를 낼 게 아니라, 저 사람의 삶을 둘러싼 질곡과 애환을 들여다보는 관심이 필요하다.

세상을 다르게 보는 눈을 가지기란 어렵지 않다. 멈추고, 바라보고, 생각한다. 정답을 찾아 맞추기 위한 노력보다는, 모두가 정답일 수 있다는 가능성을 열어두는 것이 중요하다.

작가는, 특별한 세상을 찾는 사람이 아니라 평범한 일상에 특별한 의미를 부여하는 사람이다. 참새와 비둘기와 까치를 소홀히 보는 사람은 동물원 호랑이를 제대로 쓸 수 없다. 들꽃을 지나치는 사람은 장미를 그릴 자격이 없다. 다르게 보고 다르게 느끼는 삶은 사랑과 관심이며, 이런 마음 충만한 사람은 쓰고 싶다는 생각으로 가득 찰 수밖에 없다.

다르게 보는 눈을 키울 수 있는 좋은 방법은, 같은 소재를 놓고 매일 다른 주제의 글을 써보는 거다. 예를 들어 연필에 관한 글을 쓴다고 가정해보자면, 촉감이 좋고 잘 써지는 연필의 특성을 쓸 수 있을 테고. 그 연필을 만드는 과정을 되짚어 정리해볼 수도 있을 터다. 연필로 쓴 연애편지에 관해서, 연필과 볼펜의 차이점에 대해서. 또는 연필에 묻은 손때를 노력의 흔적이라 표현할 수도 있을 것이다. 연필과 친구, 연필과 어머니, 연필과 선생님, 연필과 연필깎이, 옛날과 지금의 비교, 학창 시절의 추억, 세월의 덧없음, 아련한 첫 사랑, 아버지가 사주신 새 연필, 몽당연필과 절약, 스케치북과 스케치, 초상화……. 끝도 없다. 다만 쓰지 않을 뿐이다. 이렇게 연습하면 사람과 사물과 세상을 보는 눈이 다양해진다. 눈이 밝아지면, 인생도 밝아진다.

쓸 수 있다면, 문제없습니다

2년쯤 전, 가을이었다. 서울 수업을 마치고 수강생들과 함께 술자리를 가졌다. 평소 같았으면 꽤나 마셨을 텐데, 그날 따라 컨디션이 좋지 않았다. 수업을 마칠 즈음 몸이 무겁고 열이 올랐는데, 술자리에서 점점 더 심해졌다. 양해를 구하고 먼저 일어났다. 강남 고속버스 터미널까지 어떻게 갔는지, 어떻게 버스를 타고 대구 집까지 도착했는지, 전혀 기억나지 않았다. 늦은 밤이라 그대로 쓰러졌고, 다음날 서둘러 병원으로 향했다.

"독감입니다!"

의사의 말이 끝나기 무섭게 입원실에 누워 팔에다 링거 바늘을 꽂았다. 세 시간쯤 지났을까. 문득 눈을 떠보니 링거액이 절반이나 줄어 있었다. 며칠 무리했다. 정신이 들기 시작하자, 갑자기 왠지 모를 쓸쓸함과 허무함이 몰려왔다.

'내가 지금 뭘 하는 건가. 왜 이리도 급하게 달리고 있는 건가. 또 무슨 욕심이 생겨 자기관리도 하지 않은 채 앞만 보며 질주하고 있는 것인가.'

가슴에 휑하니 찬바람이 불었다. 불안했다. 심장이 들썩이기 시작했다. 수년 전 겪었던 지옥 같은 기억이 떠올랐다. 호흡이 가빠지고 눈물이 쏟아졌다. 트라우마. 견디기 힘든 생각들이 마구 쏟아져 나왔다.

나는 링거 바늘이 꽂힌 팔로 스마트폰을 집어 들었다. 그리고는 메모장을 펼쳐 글을 쓰기 시작했다.

또 다른 기억이 있다. 나는 좋은 마음으로 강의하려 애쓴다. 진심을 담아, 하나라도 더 전해주기 위해 최선을 다한다. 그러나 사람 사이에서는 언제나 오해와 갈등이 일어나기 마련이다. 내 방식을 탐탁지 않게 여기는 사람도 있었고, 주면 줄수록 더 많은 것을 요구하는 사람도 생겨나기 시작했다. 속상했다. 진심을 몰라주는 것 같아 힘들고 괴로웠다. 오죽하면, 책쓰기 수업을 모두 접어버릴까 고민하기도 했었다.

답답한 마음과 짜증은 에너지를 앗아간다. 힘이 빠진다. 의욕 상실하고 무기력증에 빠진다. 참 싫은 기분이다. 어떻게든 마음을 추슬러야 했다.

노트북을 펼친다. 글을 쓴다.

사람은 감정의 동물이다. 흔들릴 수밖에 없다. 평정심을 유지하고 사람과 사건에 흔들리지 않을 수 있다면 좋겠지만, 불가능한 일이다.

피할 수 없다면 대안을 찾아야 한다. 사람마다 스트레스 푸는 방법이 따로 있겠지만, 나는 글쓰기만큼 효과가 큰 방법을 알지 못한다. 감정을 배제한 채 사실만 쓴다. 그리고 읽어본다. 과연 내가 이토록 감정을 낭비할 만한 일인가. 이렇게까지 화를 낼 만한 일인가. 스스로 질문하며 곰곰이 생각한다. '그래! 역시 화가 날 만한 일이었어!' 지금까지 이런 결론을 내린 적은 한 번도 없다. 글쓰기는 한결같은 답을 주었다.

'뭐야? 이게 다야? 아닌데. 분명 더 있을 텐데.'

사실을 적는 것이 중요하다. 감정을 쏟아내는 글도 의미 있지만, 그보다는 내 감정을 객관적으로 볼 수 있는 글을 쓰는 것이 좋다. 한 걸음 물러나 바라보는 과정은 생각보다 효과가 크다. 당장 문제가 해결되거나, 터질 것 같던 분노가 단번에 가라앉지는 않는다. 하지만 적어도, 풀어낼 수 있을 것 같다는 희망과 자신감은 생긴다. 품고 있을 때만큼 대단하게 여겨지지는 않는다. 실마리가 된다. 멈출 수 있는 신호가 된다.

책을 쓰는 첫 번째 이유는 나를 위함이라 했다. 내 감정이 온화해지고 내 화를 끄는 과정이 고스란히 독자에게 전달된다. 공명이 일어난다.

그렇다면 어떻게 해야 감정 에너지를 낭비하지 않고 보호할 수 있을까? 첫째는, 이미 말한 바와 같이 감정보다는 사실 위주로 쓰는 것이다. 기분 나쁘다, 화가 난다, 속상하다, 미칠 것 같다, 불안하다 등등 감정을 직접적으로 드러내는 모든 서술어를 차단한다. 언제 어디서 누가 어떻게 무슨 일을 했는지, 육하원칙에 맞는 답변만 쓴다. 둘째, 그렇게 쓴 글을 정독한다. 평가하고 분석하려 하지 말고, 그저 눈으로만 읽는다는 생각으로. 끝으로, 이번 사건에서 내가 얻을 수 있는 교훈이 무엇인지 반드시 한 가지 이상 도출한다. 화가 나는데 그럴 마음이 어디 있냐고 반문하지 마라. 그냥 생각을 닫고, 오직 성장의 씨앗을 찾는 데에만 열중해야 한다. 처음에는 익숙지 않아 힘들 수 있다. 그러나 몇 번만 반복하면, 어떤 일이 생겨도 나의 성장에 도움 되는 메시지를 찾을 수 있다는 자신감이 생긴다.

쓰는 사람이 누릴 수 있는 최고의 혜택은, 어떤 일이 있어도 쓸 수 있다는 사실이다. 고민하고, 두려워하고, 괴로워하는 시간을 최소로 줄이고, 그 모든 상황과 감정을 내게 유리한 쪽으로 풀어낼 기회와 힘을 갖는다.

감정 대신 글에 매달린다. 사람 대신 백지와 씨름한다. 글과 백지는 무조건 내 편이다. 귀담아 들어주고, 다르게 보는 눈을 키워주고, 씨앗을 찾는 지혜와 세상을 품는 아량을 가르쳐준다.

길게 썼지만, 핵심은 하나다. 내가 증명이다. 절망과 좌절로 삶을 포기했어도 이상할 것 하나 없는 삶이었다. 글을 썼다. 책을 읽었다. 모든 것이 달라졌다.

메마른 가슴에 눈물이

초고를 쓸 때는 야생마처럼 달린다. 흩어진 기억의 조각들을 마구 주워 담는다. 엉성하고 뒤죽박죽인 문장이 눈에 밟히지만, 미련 없이 나아간다. 나에게 집중력이라는 게 있다면, 하나도 남김없이 쏟아붓겠다는 심정으로 몰아붙인다. 내가 세상에서 글을 가장 잘 쓰는 사람이라는 생각으로, 나는 초고를 쓴다.

그렇게 (엉망진창인) 초고를 완성하고 나면 숨을 고르며 2~3일 묵혀둔다. 자꾸만 손이 가려 할 때도 있고, 두 번 다시 꼴도 보기 싫을 때도 있다. 어쨌거나 사흘을 넘기지 않고 다시 펼친다. 이번엔 초고를 쓸 때와는 정반대의 마음으로 읽는다. 독자의 시선으로, 조금이라도 어색하거나 지적할 부분이 없는지 눈동자를 빨간 펜으로 바꿔 읽는다. 겸손의 절정이다. 1차 퇴고는 이보다 더 겸손할 수는 없

쓰고 읽었다, 모든 것이 달라졌다 _____ 135

다는 마음으로, 그렇게 작업한다.

두 번째 수정은 숲을 본다. 주제에 어긋나는 챕터나 꼭지는 없는지, 순서는 마땅한지, 쓸데없이 중언부언하거나 중복한 곳은 없는지, 꼼꼼하게 살핀다.

그 후에 세 번 정도 퇴고를 거듭한다. 마지막으로 수정할 때는 내가 할 수 있는 최선을 다한다는 마음으로, 이제 떠나보내면 두 번다시 고칠 기회가 없다는 절박한 마음으로 작업에 임한다.

출판사에 최종 원고를 송부하고 나면, 나는 이제 모든 미련과 집착을 내려놓는다. 할 수 있는 일은 다 했다. 신의 심판을 기다리듯 출간을 맞이한다.

내가 쓴 문장을 스마트폰 배경화면에 적어둔 독자를 만났다. 다양한 색으로 수도 없이 밑줄을 긋고 책이 너덜너덜해질 정도로 읽은 독자를 만난 적도 있다.

어느 중학교 교사는 내 책을 읽고, 학생들에게 나눠주겠다며 150권을 한꺼번에 구입했다. 어릴 적 꿈은 작가였지만 먹고살기 바빠 엄두를 내지 못했다는 어느 주부는, 내 책을 읽은 후 블로그에 매일 글을 쓰고 있다며 감사 인사를 전해오기도 했다.

눈물. 이제는 모두 말라 평생 울 일 없겠다 싶었던 눈물이 뺨을 타고 흐른다. 나이 들어 여성호르몬이 많아진 탓이라며 놀려대는 사람도 있지만, 나는 눈물과 놀림 둘 다 나쁘지 않다. 평생 무뚝뚝하게 살아온 내가 요즘은 툭 찌르면 눈물을 쏟아낸다. 덮칠 듯 몰아치는 삶의 파도는 하나도 두렵지 않을 정도로 강해졌다. 놀라거나 움츠러들지 않는다. 어떤 일이 생겨도 견디고 이겨낼 자신이 있다. 반면, 기쁘고 행복하고 따뜻하고 감동적인 순간에는 굳이 눈물을 참지 않는다.

생소하지만, 내가 이런 감정을 느끼고 있다는 사실이 감사하고 만족스럽다. 밋밋하고 무심하게 보낸 지난 시간을 돌이켜보면, 자연스럽게 수분을 흘러넘치게 만들 수 있는 지금의 내 몸과 마음이 예쁘고 기특하다.

책을 쓰는 일은 경이로운 기적을 만나는 과정이다. 작가가 되고 싶다고 말하지 말고, 책을 쓰고 싶다고 소망하는 사람이 많아지면 좋겠다. 결과를 목적에 두지 않고 과정을 즐길 수 있었으면 좋겠다. 글 쓰는 삶의 축복이라고 하면 별 관심이 없지만, 돈이 되는 글쓰기라고 하면 구름떼처럼 몰려든다. 어쩔 수 없는 현실이라며 고개를 떨구기엔 안타깝고 아쉬운 마음 가득하다.

책 쓰는 일을 로또 당첨에 비유하는 책쓰기 코치들이 있다는 사실, 통탄할 일이다. 돈과 성공을 목적으로 쓰는 글에 어찌 눈물이 담길 수 있겠는가. 팔리는 책 쓰는 법을 알려준다며 비법, 묘법, 노하우, 지름길 등의 단어를 남발하는 세상. 다산과 연암, 그 위대한 스승들의 일갈이 귓가에 내리꽂힌다.

말과 글은 표현의 수단이다. 말은 소리가 아니라 의미를 전할 수 있어야 하고, 글은 문자가 아니라 삶을 담을 수 있어야 한다. 의미 없는 말은 소음이 되고, 삶이 빠진 글은 낙서가 된다. 하는 사람과 듣는 사람 모두가 따뜻해질 수 있는 말을 해야 하고, 쓰는 사람과 읽는 사람 모두가 행복한 글을 써야 한다.

삶은 그 자체가 진실이다. 삶이 담긴 글은 진실일 수밖에 없다. 넘쳐나는 정보의 홍수 시대에 살면서 제대로 된 '진짜 정보'를 손에 쥐었을 때의 기쁨은 짜릿하다. 수많은 책 속에서 진실한 '삶의 이야기'를 만났을 때의 눈물은 어느 때보다 뜨겁다. 그런 글을 쓰고 싶고, 그런 글을 써야 한다.

나를 글쓰기로 이끈 것은 살아야 한다는 절박함이었다. 작가로 살아간다는 것이 이렇게 무거운 짐을 이고 가는 길인 줄 알았더라면, 어쩌면 나는 쓰지 않았을지도 모른다. 작가보다는 쓰기를 먼저 만나 다행이다. 작가가 되고 싶다는 사람들에게 무조건 글부터 쓰라며 윽박지르는 이유가 여기에 있다.

사촌 형은 치과의사다. 대구에서 개인 병원을 운영 중이다. 의사라는 직업이 부럽다며 얼마 버냐고 물어본 적 있다. 지금 생각하면 얼굴이 화끈거리지만, 사촌 형의 대답을 잊을 수가 없다.

"하루 종일 사람들 입속만 들여다보고 있어야 해. 어때? 하고 싶어?"

KBS대구 〈아침마당〉에 출연하는 작가 응원차 방송국에 들른 적 있다. 함께 출연하는 사람 중에는 심마니도 있었는데, 직접 캔 거라며 스티로폼 상자를 열었다. 그 속에는 화려한 자태를 뽐내는 산삼 두 뿌리가 가지런히 놓여 있었다.

"이거 먹으면 힘이 불끈 솟습니까?"

내가 묻고 싶은 말을 아나운서가 대신해 주었다. 귀를 쫑긋 세우고 대답을 기다리는데, 역시나 나는 얼굴이 붉어지고 말았다.

"그거 아세요? 산삼 먹는 사람보다 산삼 캐러 다니는 사람이 더 건강합니다."

의사가 되고 싶어 하고, 산삼을 먹고 싶어 한다. 의사가 되는 것보다는, 하루 종일 사람들 입속만 들여다보면서도 행복할 수 있는 의사가 될 수 있을지 생각해보아야 한다. 산삼을 먹고 힘이 불끈 솟기를 기대하기보다는, 술 담배 끊고 운동하는 게 먼저라는 본질을 알아야 한다.

작가라는 이름은 그럴듯하고, 또 가치와 의미를 담은 멋진 직업이다. 나는 작가로 살아갈 수 있어서 행복하고, 만나는 모든 이들에게 책을 쓰라고 권한다.

한 가지 잊지 말아야 할 점은, 쓰는 일이 만만치 않다는 사실이

다. 삶을 담고, 기꺼이 눈물 흘리겠다면, 온 마음으로 당신을 응원하
겠다.

오늘 쓴다, 삶을 갖는다

직장생활 10년 했다. 열심히 일했고, 나름 인정도 받았다. 그 시절, 내게는 한 가지 업무 습관이 있었다. 책상 왼쪽에다 월간 업무를 잔뜩 쌓아두는 것이었다. 혹시라도 빠트리지는 않을까 염려했기 때문이기도 하고, 중요도와 긴급도에 따라 분류해두면 일하기 수월할 것 같다는 마음에서 비롯된 일종의 아이디어이기도 했다.

한 가지 흠이 있었다. 쉬는 시간 혹은 점심을 먹고 난 후에 다시 책상으로 돌아와 앉을 때면, 쌓여 있는 서류 더미에 한숨이 나왔다. 커피를 마시면서 멍한 눈으로 태산(?)을 바라보는 게 습관이 되어버렸다. '휴, 이걸 언제 다 하나.'

아들은 어렸을 적에 퍼즐 맞추기를 좋아했다. 여러 종류의 퍼즐을 사주었는데, 그중에는 30피스 미만의 비교적 쉬운 퍼즐도 많았고, 500피스짜리 복잡한 퍼즐도 있었다. 다섯 살도 채 되지 않은 어린 아들이 퍼즐을 척척 맞추는 걸 보고 있노라면, 아빠인 나는 바보가 되지 않을 수 없었다. 신기하고 기특한 마음, 어찌 말로 다 표현할 수 있을까.

그렇게 실력(?)을 갖춘 아들 녀석도 500피스짜리 퍼즐을 완성한 적은 한 번도 없었다. 어린 나이였기 때문에 쉽지 않았을 거라는 생각을 하면서도, 한편으로는 아쉬운 마음도 없지 않았다. 아들은 시도한 적이 없었다. 500개의 퍼즐 조각을 거실 바닥에 펼쳐놓으면 지레 겁을 먹고는 손사래를 쳤다. 50개의 조각을 맞추는 것이나 500개의 조각을 맞추는 것이나 시간적인 소모를 제외하면 별 다를 바가 없었다. 하나씩 천천히 집중하면 얼마든지 할 수 있다며 응원과 격려를 해주었지만, 아들은 끝내 고개를 끄덕이지 않았다.

《어쩌면 내가 가장 듣고 싶었던 말》. 정희재 작가의 책에는 이런 얘기가 실려 있다. 무더운 여름, 시골집에 내려간 작가는 엄마와 함께 콩밭에서 김을 맨다. 끝이 보이지 않을 만큼 넓은 콩밭에 앉아 내리쬐는 태양을 온몸으로 받던 작가는 급기야 엄마를 향해 소리친다. 이 넓은 밭을 언제 다 매냐고. 작가는 대학에서 문학을 전공했고, 제법 많은 책을 쓴, 지성과 권위를 갖춘 사람이다. 반면, 그녀의 어머니는 그 옛날 우리의 어머니들이 그렇듯, 배움이 짧고 평생 땅을 터전으로 살아온 시골 할머니일 터다. 딸의 질문에, 고개를 돌리지도 않은 채 잡초를 뽑으며, 어머니는 말씀하신다.

"야야, 눈이 게으른 거란다."

예비 작가들이 흔히 하는 질문이 있다.

"대표님! 지금 3장 두 번째 꼭지 쓰는 중인데요. 아무래도 2장 내용과 겹치는 것 같아요. 5장에 쓸 내용과는 상반되는 것 같고요. 그래서 어떻게 써야 할지 모르겠어요."

맨 처음 책을 쓸 때 같은 고민을 수도 없이 했었다. 하소연하는 예비 작가들의 심정을 충분히 이해하고도 남는다. 늘 하는 말이지만, 원인을 제대로 알면 해답을 찾을 수 있다.

책 쓰는 순서를 다시 한 번 짚을 필요가 있겠다. 가장 먼저 주제와 콘셉트를 정한다. 어떤 메시지를 전할 것인지 정한 후에는 이야기 구성 즉 목차를 짜야 한다. 주제와 제목과 목차가 정해지고 나면, 이제는 집필을 시작하고, 초고완성 후에는 퇴고를 진행한다.

가장 중요한 것은 당연히 집필인데, 주제와 제목과 목차가 완성된 후부터는 전체 그림을 잊고 '오늘 쓰는 글에만 집중'해야 한다. 글이나 책을 써 본 경험이 부족한 초보 작가가 전체 그림을 염두에 두고 한 꼭지씩 체계적으로 쓰는 일은 불가능하다. 원고지 800매가 넘는 분량의 글을 쓴다. 바꿔 말하면, 책 한 권 분량의 내용을 처음부터 머릿속에 체계적으로 정리하고 쓴다는 말인데, 이게 과연 가능한 일일까?

쓰지 않은 상태에서는 전체 내용이라는 것이 존재하지도 않을뿐더러, 초고를 쓸 때는 계속해서 목차 수정을 병행해야 한다. 그러니까 애초부터 전체 그림을 머릿속에 넣고 글을 쓴다는 것은 매우 어렵거나 불가능에 가까운 일이라는 뜻이다.

맨 처음 주제와 제목과 목차를 짤 때, 딱 한 번 큰 그림을 그린다. 그 후부터는 오늘 쓰는 한 편의 글에만 집중한다. 먼저 쓴 내용과 중복될 수도 있고, 나중에 쓸 글과 상반될 수도 있다. 그런 건 신경 쓰지 말고 일단 쓴다. 우리에겐 퇴고라는 멋진 작업이 남아 있다. 수정하고 보완하면 된다. 중복되는 부분 있으면 삭제하면 되고, 상반되는 내용 있으면 다시 쓰면 된다.

전체 내용을 염두에 두고 초고를 쓰는 것이 얼핏 보면 효과적인 것 같지만, 수많은 예비 작가들을 지켜본 경험에 비추어보자면, 이것은 퇴고를 빨리 끝내거나 아예 하지 않겠다는 게으른 사람들의 요령에 불과하다.

인생도 다를 바 없다. 거창한 꿈과 목표를 세우고 꼼꼼하게 계획하는 일은 중요하다. 요즘은 어딜 가도 꿈을 이야기하고, 많은 사람 모여 응원과 박수를 보내기도 한다. 그런데 그뿐이다. 발표 따로 실천 따로다. 원대한 목표만 있고 치열한 실천은 없다. 장밋빛 내일만 있고 땀 흘리는 오늘은 없다. 실천하는 시간보다 다이어리 쓰는 시간이 길다. 책 읽는 시간보다 독서법 찾아 헤매는 시간이 많다. 결심한 만큼 글 썼으면 헤밍웨이 됐을 거다.

 '게으른 눈'으로 먼 산 바라보며 한숨짓지 말고, 오늘 내 앞에 주어진 일에 최선을 다해야 한다. 오늘을 사는 사람이 미래도 가질 수 있다. 지금에 충실한 사람에게만 다음이 존재한다. 가야 할 길이 멀다고 해서 바라보고만 있으면 이룰 수 있는 일은 아무것도 없다. 원고지 800장을 채울 수 있는 유일한 방법은, 오늘 한 장 쓰는 길밖에 없다. 오늘 쓰면, 삶을 갖는다.

쓰면서 달라졌다. 달라지려고 애쓴다. 덕분에 하루가 즐겁다. 세상 바라보는 습관을 정리해본다.

● 내일을 걱정하지 않는다

태평하고 안일한 마음이 아니다. 쓸데없는 걱정으로 시간과 감정을 낭비하지 않는다는 뜻이다. 머리와 가슴과 눈과 손, 네 가지가 한데 모여 집중해야만 한 줄이라도 쓸 수 있다. 쓰는 동안만큼은 곁을 돌아볼 겨를이 없다. 지금 쓰는 글에만 몰입한다. 생각이 하나로 모이고, 잡념이 사라진다. 집중하는 습관은 문장력도 인생도 모두 나아지게 만든다.

● 불평불만 하지 않는다

나와 독자를 위한 글 쓰고 싶다. 부정적인 글이나 하소연을 늘어놓고 싶지는 않다. 좋은 일이 생기면 기꺼이 좋은 글감으로 쓴다. 힘들고 어려운 일 생겨도 어떻게든 '괜찮은 메시지'를 뽑아내려고 애쓴다. 신기한 것은, 어떤 상황에서도 그럴듯한 메시지를 찾을 수 있었다는 점이다. 투덜거리는 습관이 사라지고부터, 닥치는 일이 두렵지 않다.

● 대충, 적당히 보지 않는다

쓰지 못할 일은 없다. 쓰지 못할 사람도, 사건도, 사물도 없다. 존재하는 모든 것은 글감이다. 뽑아내기 나름이다. 문제는, 얼마나 정성 담아 보고 듣는가 하는 거다. 동네 개와 고양이를 동물원 호랑이 보듯이 한다. 참새와 비둘기를 독수리 보듯 한다. 사람을 만나면 눈과 귀와 말하는 습관을 살핀다. 밥상 앞에 앉으면, 나물 반찬 식탁에 오르기까지의 여정을 떠올려 본다. 쓰지 못할 이유가 없다. 관찰하는 힘이 생긴다.

● 시간을 흘려보내지 않는다

무료할 틈이 없다. 내 하루는 쓰는 시간과 쓰지 않는 시간으로 구분된다. 쓰는 시간에는 오직 쓰는 데에만 집중하느라 시간 가는 줄 모르고, 쓰지 않는 시간에는 무엇을 어떻게 쓸 것인가 살피고 고민하며 보낸다. 시간을 잡는다. 낚아챈다. 시간 관리가 아니라, 시간 누리기다.

● 고난과 역경이 두렵지 않다

힘들고 어려운 시간을 고통으로만 여기지 않는다. 최고의 글감이다. 멋진 스토리다. 아무 시련 없이 그럭저럭 살아가는 주인공은 매력 없다. 고통을 만나고, 버티고, 죽고 싶을 만큼 괴롭다가, 결국은 이겨낸다. 삶의 이야기보다 더 극적인 영화나 드라마는 없다. 내게 오는 모든 아픔이 글쓰기의 씨앗이 된다. 성공과 실패로 양분하지 않고, 오직 경험으로만 해석한다. 쓰는 삶이 주는 최고의 축복이다.

● 세상의 소음에 휘둘리지 않는다

소란스럽다. 복잡하다. 정신이 하나도 없다. 정보는 쏟아지는데, 바른 정보를 골라내기는 힘들다. 하루가 지나고 나면 손가락 하나 움직일 힘도 없다. 에너지를 모두 외부 세계에다 쏟아부은 탓이다. 삶에 지치고, 세상에 휘둘린다.

글을 쓸 때면, 내 글을 읽을 독자만 생각한다. 도움이 될까? 마음이 움직일까? 다시 일어설 용기가 생길까? 쓸 마음 생길까? 독서 의욕이 넘칠까? 이런 생각만 하니까 세상 잡음에 솔깃할 틈이 없다. 내 글을 읽고 삶이 바뀌는 사람 있다는 생각만 해도 심장이 쿵쾅거린다. 고요란 이런 것이다. 내가 가는 길에 먼지 한 톨 없다고 생각하면, 주변 소란에 마음 흔들리는 일 사라진다.

● 복잡하게 생각하지 않는다

좋은 글의 핵심은 명료성이다. 분명하고 정확한 글. 읽는 사람이 뜻을 제대로 헤아릴 수 있고, 받아들일 수 있으며, 행동으로 옮길 수 있는 글. 쉽고 정확한 단어를 고른다. 썼다 지웠다를 반복하면서 어떻게 하면 좀 더 명확하고 가슴에 닿는 글 쓸 수 있을까 고민한다. 생각이 투명해진다. 얽히고설킨 실타래가 풀리는 느낌이다. 생각이 간단명료해지면 문제 해결도 수월해진다. 핵심을 짚는다. 추진력도 생긴다. 크고 강한 줄기가 삶을 관통한다. 모든 선택과 판단은 이 줄기를 기준으로 이루어진다. 소소한 빗나감에 연연하지 않게 된다.

죽는 날까지 노력할 것이다. 쓰는 삶이 가져다준 축복이 어찌 이뿐이겠냐마는, 적어도 나는 과거의 복잡하고 시끄러운 삶에서만큼은 벗어났다. 앞으로 펼쳐질 더 크고 행복한 삶을 위해 오늘도 흔들리지 않는 삶을 쓴다. 캄캄했던 시절이 아직도 생경하다. 지치고 힘든 이들에게 글쓰기를 권한다. 세상 보는 눈이 달라질 때 비로소 행복이 시작된다는 사실을 잊지 말았으면 좋겠다.

chapter 5

쓰는 삶을
위하여

1.
일단 앉아라

글을 쓰는 행위는 두 가지다. 일단 앉는 것. 그리고 손가락으로 키보드를 두들기는 것. 노트에다 펜으로 쓰는 사람도 있겠지만, 어쨌든 반드시 앉아야 한다. 글을 잘 쓰고 못 쓰고는 다음 문제다. 많이 쓰고 적게 쓰는 것도 나중 문제다. 일단 앉아서 컴퓨터 전원을 켜거나 노트를 펼쳐야만 한다. 당연한 얘기라고 생각하겠지만, 실제로 글을 쓰기 위해 자리에 앉는 것조차 힘들어하는 사람이 많다는 사실을 알게 된다면 당신도 분명 놀라지 않을 수 없을 것이다. 글을 쓰는 것은 앉은 다음 얘기다. 앉지도 않으면서 쓸 거라는 말은, 아무도 만나지 않으면서 결혼하겠다고 장담하는 말과 다르지 않다.

다르게 표현하자면, 일단 앉기만 하면 한 줄이라도 쓰게 된다는 말이다. 글 쓰는 것보다 앉는 게 더 힘든 지경에 이르렀다. 왜 자리를 잡고 앉는 것이 이토록 힘들고, 왜 자꾸만 컴퓨터와 노트를 피하려는 성향이 생긴 걸까?

사람의 뇌는 위험을 감지하는 능력이 탁월하다. 인류가 지금까지 살아남아 화려한 문명을 이룩한 것은 뇌의 위험 감지 능력 덕분이다.

원시 시대에는 호랑이, 사자, 늑대 등 야생 동물과 인간이 마주치는 일이 잦았다. 인근 부족의 공격도 피해야 했다. 살아남아야 했다. 어떻게든 위험을 감지해서 빨리 피하고 미리 방어태세를 갖추어야만 목숨을 유지할 수 있었다. 뇌는 최고의 능력을 발휘했다. 인간은 뇌 덕분에 살아남을 수 있었다.

그런데 지금은 어떤가? 야생 동물 만날 일이 없다. 옆 동네에서 갑자기 공격해올 일도 없다. 뇌는 위험을 감지하고 우리가 방어태세를 갖추게 만드는 것이 최대의 임무였는데, 할 일이 없어졌다. 이제 무엇을 할 것인가? 어쨌든 본능적인 능력은 이어가야 한다. 그래서 선택한 거다. 평소와 조금만 다르면 모두 위험으로 판단하라!

새로운 도전이 힘든 이유가 여기에 있다. 단단히 결심하고 시작해도 오래 가지 못하는 원인이 바로 이 때문이다. 우리가 시도하려는 모든 변화가 뇌의 입장에서는 위험에 해당한다. 어떻게든 막고 보호해야 할 대상인 셈이다. 책을 쓰려는 시도는 '야생 동물의 위협'이다. 뇌는 강력한 신호를 보낸다.

'난 글쓰기 실력이 부족해.'

'내가 지금 뭘 하는 거야.'

'이럴 시간에 다른 일 하나라도 더 하는 게 낫지.'

'피곤해, 졸려, 컨디션이 좋지 않아.'

'내일부터 쓸까?'

'논문부터 써놓고.'

'여유가 생기면 시작해야지.'

'끝까지 쓰지 못하면 어떻게 하지?'

'사람들이 내 책을 읽고 험담할지도 몰라.'

'책쓰기는 중요치 않아. 내게는 더 바쁘고 중요한 일이 많아.'

'독서를 좀 더 한 후에, 내공을 쌓은 후에, 쓸 만한 이야깃거리가 생기면, 그때 써야지.'

'남편이 싫어하니까, 아내가 말리니까, 애들 때문에……'

……

별생각이 다 든다. 이러니 어떻게 책을 쓸 수 있겠는가. 역시 인간의 뇌는 그 힘이 막강하다. 여기까지 읽은 사람 중에는 혹시 포기하고 싶은 독자가 있을지도 모르겠다. 내가 이 글을 쓰는 이유는, 막강한 뇌 앞에 선 연약한 당신을 말하고자 함이 아니다. 오히려 그 반대다.

그동안 당신이 어떤 도전에 실패했거나 중도 포기한 경험 있다면, 그 모든 이유는 당신 탓이 아니다. 본능적인 뇌의 활동 때문이다. 의지 부족도 아니고 주의 산만도 아니고 잘못된 습관 때문도 아니다. 이 얼마나 반가운 소식인가! 실패와 포기의 원인이 '나' 때문이 아니라면, 이제 우리는 현명한 방법을 찾아야 한다.

먼저 의자에 앉는 것! 바로 이것이 뇌를 이기는 최고의 방법이다. 머릿속에서 중얼거리는 소리에 귀를 기울이지 말아야 한다. 그것은 '진짜'가 아니다. 어리석은 친구 하나가 곁에 서서 "하지 마!"라고 외친다면 당신은 어떻게 하겠는가? 바보 같은 친구 말에 휘둘리지 말고 눈 똑바로 뜨고 "저리 꺼져!" 소리 질러야 한다. 책상 앞에 앉는 것은 뇌를 향해 소리를 지르는 것과 같다.

"네가 아무리 주절거려도 나는 나를 믿는다! 야생 동물 따위는 없다. 더 이상 잡소리 하지 마라!"

의자든 바닥이든 일단 앉아라. 앉는 행위 자체를 신성하게 여겨라. 누가 뭐라고 해도, 그것이 뇌일지라도, 나는 꿋꿋하게 내 길을 갈 것이며 아무도 나를 꺾을 수 없다는 각오. 책쓰기는 앉는 것부터 시작이다.

"1년 6개월 동안 굳게 닫혔던 철문이 저리 쉽게 열릴 줄은 몰랐다. 주변에는 가족, 친구, 연인과 함께 울고 웃고 소리 지르는 사람이 많았다. 나는 가방을 메고 터미널까지 혼자 걸어갔다. 의정부 터미널 바로 옆에는 순댓국밥집이 있었다. 한 그릇 주문하고 멍하니 테이블에 앉았다. 펄펄 끓는 순댓국이 내 앞에 놓였다. 숟가락을 들고 한입 먹었다. 뜨거운 눈물이 흘러내렸다. 남은 삶을 시작하는 첫날. 그날도 오늘처럼 볕이 따뜻하게 내리쬐었다."

내가 쓴 글이며, 제목은 '날씨'다. 날씨가 좋았다, 눈부신 햇살, 어디론가 떠나고 싶다, 화창한 날씨……. 이런 표현 쓰지 않는다. 잘못되었다는 게 아니라, 내가 아니라도 누구나 쓸 수 있는 표현이고 글이기 때문이다. 내 것을 써야 한다. 내 글이어야 한다. 나만 쓸 수 있는 내용이어야 한다.

봄을 소재로 글을 쓰면 대부분 벚꽃잎이 휘날리고, 비를 소재로 글을 쓰면 그리움과 고독이고, 부모에 관한 글을 쓰면 불효자식과 눈물이다. 누가 써도 비슷한 글. 생명이 없는 두루뭉술한 책이 된다.

글을 써본 경험이 부족한 초보 작가일수록 이런 현상이 잦은데, 그 이유는 크게 두 가지로 나눌 수 있다.

첫째, '내 글'을 쓰기가 부담스럽기 때문이다. 자신을 드러내는 솔직한 글을 쓰자니 두렵고, 그렇다고 해서 거짓말을 쓸 수도 없는 노릇이고. 결국에는 누구나 쓸 수 있는 '일반적인 글'을 쓰게 된다. 내 이야기도 아니고 다른 누군가의 글도 아닌, '어디 내놔도 티 나지 않는 글'만 반복해서 쓴다.

둘째, 자신의 삶을 대수롭지 않게 여기기 때문이다. 특별할 것도 없고 대단한 스토리도 아니니까 그런 걸 군이 책으로 낼 가치가 있을까 자신이 없다. 말 그대로 평범한 일상이기 때문에 글이 될 수 없을 거라는 고정관념을 가지고 있다. 별것도 아닌 이야기를 써서 욕먹느니, 차라리 세상 사람 다 쓰는 글을 써서 욕을 먹지 않는 게 낫다고 여긴다.

문제는, 스스로 알아차리지 못한다는 점이다. 두 가지 이유 모두 자신에게는 해당 없다고 생각한다. 무의식적으로 쓰는 습관이라 느끼지 못할 수도 있지만, 원인을 명확히 알고 받아들여야만 나아질 가능성이 생긴다.

책쓰기를 대하는 마음가짐을 바꾸면 된다. 세상에는 자신의 감정을 쌓아두고 사는 사람이 많다. 감추고 숨기고 묻어둔다. 아무 때나 툭 건드리기만 하면 눈물이 와르르 쏟아진다. 위태롭다. 사는 게 외줄 타기다. 이런 사람들이 어느 작가의 책에서 자신과 비슷한 이야기를 읽게 되면 공감하고 위로받는다. 자신의 이야기를 솔직하게 쓰기 위해서는 용기가 필요하다. 그 용기는 타인을 도울 수 있다는 확신에서 비롯된다. 명심하라. 어떤 삶이든 가치가 있다. 사람을 돕는다는 것. 아무나 할 수 있는 일이 아니다. 당신의 용기가 상처 입은 사람의 심장을 닦아줄 수 있다는 사실을 잊지 말았으면 좋겠다.

책을 쓰는 사람은 적어도 한 번은 눈물을 흘리게 된다. 울컥하는 순간을 만난다. 슬픈 과거 때문이 아니다. 오히려 정반대다. 글을 쓰다 보면, '아! 내가 여기까지 참 잘도 왔구나. 잘도 참고 견디며 살아왔구나. 대견하고 기특하구나. 내 삶도 나름 괜찮구나.' 싶은 생각이 든다. 자존감의 시작이다. 보잘것없고 대수롭지 않다고만 여겼던 내 삶이 나름의 의미와 가치를 지니고 있다는 사실을 알게 되었을 때, 눈물 나도록 진한 감동 느끼게 되는 것이다.

벚꽃잎 좀 그만 날리고, 추적추적 빗소리에 커피 마시는 이야기도 그만 좀 쓰자. 돌아가신 엄마 생각에 눈물 젖는다는 내용도 지긋지긋하다. 지난봄 누구를 만났고, 비 내리는 날 무엇을 했으며, 엄마와 어떤 대화를 나눴는지. 설명하지 말고 보여줘야 한다. 오랜만에 친구와 산책을 했다는 이야기를 쓰면 그 길에는 벚꽃잎이 휘날릴 것이고, 비 내리는 날 혼자 시내를 걸었으면 추적추적 빗소리가 들릴 것이며, 엄마 살아계실 적 함께 얘기 나눴던 기억을 쓰면 저절로 눈물이 보일 것이다.

내가 보고 듣고 느낀 바를 그대로 적는다. 신문 기사처럼 설명하려 하지 말고, 있었던 일을 그대로 옮겨 적는 연습을 해야 한다. 이 글의 서두에 쓴 '날씨'라는 제목의 글. 같은 제목으로는 아마 세상 하나밖에 없는 글일 터다. 잘 쓰고 못 쓰고를 떠나서, 나만 쓸 수 있는 글이라는 생각만으로도 가슴 뿌듯하다.

인생에는 정답이 없다. 글에도 정답이 없다. 이렇게 써도 되냐고 물을 필요조차 없다. 자신의 삶이 정답인지 아닌지 고민하는 것은 시간 낭비다. '옮겨 적는다'는 말을 가슴에 새겨야 한다. 작가가 메신저인 이유는, 자신의 경험과 생각을 있는 그대로 전달하는 존재이기 때문이다. 세상 좋은 말 베껴 쓸 거면 작가보다는 복사전문가가 되는 편이 낫겠다. 교장 선생님 훈화 말씀은 '지겹다'. 틀린 말 하나 없는데도 듣기가 싫다. 글을 잘 쓰고 싶다면, 자신의 이야기를 쓰고 있는지 훈화 말씀을 적고 있는지 냉철하게 볼 수 있어야 한다.

3.
카운슬러가 되어라

"선배님! 저 입영통지서 받았습니다. 다음 달에 입대해야 합니다. 마음이 영 편치 않아요. 공부도 잠시 접어야 하고, 사귀고 있는 여자친구와도 당분간 헤어져야 합니다. 무엇보다도 두려워요. 저는 체력도 약하고 담력도 별로거든요. 1년 6개월 동안 훈련받을 자신이 없어요. 어떻게 하면 될까요?"

후배가 찾아왔다. 상의할 게 있다면서 한참을 뜸들이다가 힘겹게 얘기를 꺼냈다. 25년 전이다. 나도 비슷한 경험을 했다. 입대 날짜가 다가올수록 불안은 점점 심해졌다. 후배뿐만 아니다. 학교와 학원 그리고 PC방이 일상 대부분을 차지하는 요즘 젊은이들에게 군대는 몸도 마음도 부담스러운 곳일 수밖에 없다.

무슨 말을 해 주어야 할까? 힘내라, 용기를 가져라, 대한민국 남자로서, 국방의 의무가 어쩌고, 멋진 남자가 되는 과정이고, 피할 수 없다면 즐기고, 염병하고…….

이런 말이 과연 도움이 될까? 공자님 말씀 들으려고 나를 찾아온 것은 아닐 터다. 이럴 때 가장 좋은 조언은, 나의 경험을 있는 그대로 전해주는 것이다. 입대 전 불안했던 마음부터, 기본 군사훈련 받았을 때의 경험, 자대배치를 받은 후 병영생활, 상급자와는 어떤 일이 있었으며, 유격은 어떻고, 휴가와 외출은 어떠하고, 분위기는 이러 저러하다…….

나의 경험은 곧 후배에게 간접 학습이 된다. 막연한 상상만으로는 불안할 수밖에 없지만, 이렇게 하나하나 그림을 그릴 수 있게 되면 두려움이 줄어든다. 인간이 가진 최대의 공포는 '불확실성'에 근거한다. 사자라는 이름이 붙여지기 전의 사자가 훨씬 무서웠다.

"언니! 저 결혼 날짜 잡았어요. 그런데 마음이 왜 이런지 모르겠어요. 마냥 좋을 줄만 알았는데, 심란해서 잠이 안 와요. 이 남자, 믿고 가도 되는 건지. 시댁 식구들과는 어떻게 지내야 하는 건지. 아빠와 엄마 떠나서 살 수 있을지. 제 선택이 잘못된 건 아닌지. 머리가 복잡해서 아무것도 하기 싫어요. 날짜는 점점 다가오고…… 저 어떻게 해야 할까요?"

결혼을 앞둔 후배가 선배 언니를 찾아와 고민을 털어놓는다. 언니는 후배를 보면서 자신의 과거를 떠올린다. 비슷했다. 불안하고 초조했다. 자신의 선택에 확신을 갖지 못했었다. 사랑만으로 헤쳐나갈 수 있을까. 후배의 고민을 다 듣고 난 후, 언니는 자신의 이야기를 시작했다.

결혼 직후부터 지금까지. 남편과는 어떤 일이 있었고, 아이를 낳고 키웠으며, 시댁 식구들과는 이런저런 일을 겪었고, 그 사이 몇 번의 고비를 넘겼으며, 지금은 이렇게 살고 있다…….

후배는 언니의 말을 귀담아듣는다. 맞장구를 치기도 하고, 깔깔 웃기도 하고, 함께 눈물을 글썽이기도 했다.

사람은 혼자 살아갈 수 없다. 작게는 물건을 살 때 SNS 후기를 살피기도 하고, 크게는 인생 상담을 하기도 한다. 먼저 경험한 이들의 말을 통해 미리 공부하고 배운다.

세상에는 별일이 다 있다. 그 별일을 겪은 사람도 존재한다는 것. 먼저 경험한 사람의 이야기를 들으면 마음이 편안해진다. 때로는 별것 아니네 싶기도 하고, 가끔은 마음의 준비를 단단히 하기도 한다. 어떻게든 도움이 된다. 그래서 우리는 누군가를 찾아가 조언을 구하기도 하고 강연을 듣기도 하며 책을 읽기도 한다.

책을 쓸 때는 상담가가 될 필요가 있다. 모든 글은 경험과 지식에서 나온다. 허구의 이야기조차도 작가 자신의 경험 없이는 쓸 수 없다. 내가 알고 있는 선에서, 최선을 다해 나눈다. 이왕이면 알아듣기 쉽게, 흥미를 끌 수 있게, 하나라도 더 알려주겠다는 정성을 담아 풀어낸다.

글쓰기가 익숙지 않은 사람들이 글쓰기를 글쓰기로만 대하면 빨리 지칠 우려가 있다. 쓸 말이 금세 바닥나기도 하고, 주제를 벗어나 횡설수설할 때도 많다. 빈 의자를 놓고 투명 인간을 앉혀라. 친구나 후배 또는 누구라도 좋다. 내 경험담이 필요할 것 같은 사람. 진지한 태도로 임해야 한다. 고개를 푹 숙이고 눈물을 글썽이며 가슴 답답해하는 그 사람을 선명하게 떠올린다. 이제 상담을 시작하라.

정신 나간 사람처럼 느껴질 수도 있다. 적어도 내 경험에 비추어 보자면, 빈 의자에 투명 인간을 앉혀두고 '상담하는 것처럼' 쓸 때 제법 큰 효과를 얻었다. 책을 쓰는 과정은 길고 험난한 길이다. 다양한 방법으로 재미와 의욕을 북돋우어야 한다. 다른 사람이 도와줄 수 있는 일이 아니다. 외로운 싸움이다. 빈 의자에 앉아 있는 투명 인간이 작가를 돕는다. 그에게 질문도 하고 반응도 살피라. 생각보다 적극적인 모습을 보이는 투명 인간에게 놀랄 것이다.

한 가지 당부하고 싶은 말이 있는데, 상담가가 되라고 해서 반드시 전문가가 되어야 한다는 부담 갖지는 말았으면 좋겠다. 정답을 찾으려 애쓰지 말라는 뜻이다. 나의 경험과 지식을 바탕으로 한다는 사실. 전문가형 에세이 혹은 어느 한 분야의 전문적인 지식이나 정보를 제공하는 책을 쓴다면 당연히 작가가 지성과 권위를 갖춰야 마땅하겠지만, 삶이 이야기를 나누는 책일 경우 작가는 자신의 경험과 기본 상식 정도만으로도 얼마든지 쓸 수가 있다. 이럴 때는 지성과 권위보다 정성과 배려가 더 중요한 몫을 차지한다.

책을 쓸 때는 카운슬러가 돼라. 지금도 당신의 경험과 조언을 필요로 하는 사람이 절실한 마음으로 당신의 책을 기다리고 있다는 사실을 잊지 말아야 한다.

4

독자! 독자를 잊지 마라

글을 쓰는 이유는 읽는 사람을 위함이다. 온갖 좋은 이유를 다 갖다 붙여도 독자의 존재를 무시하는 글은 생명을 잃는다.

'치유의 글쓰기'라는 말이 있다. 쓰는 과정을 통해 작가 자신의 상처와 아픔을 달래고 씻어낼 수 있다는 의미다. 이런 경우에는 독자를 의식하지 않아도 되는 것일까? 천만의 말씀이다. 글을 쓰면 상처가 치유된다는 말은 얼핏 그럴듯하게 보일지 모르겠지만, 엄밀하게 말하면 글쓰기와 치유는 별 관계가 없다. 다만, 과거의 경험을 있는 그대로 쓰다 보면 사실을 객관적으로 보는 힘이 생겨 '감정에 다소 무뎌지는' 효과를 볼 수 있는 정도다.

이런 치유의 글쓰기조차 반드시 독자를 전제해야만 한다. 공감과 소통의 부재는 일시적인 자기만족으로 끝날 우려가 크다. 비슷한 상처와 아픔을 가진 이들이 내 글을 읽고 공감할 때 비로소 진짜 치유가 시작된다.

오랜 세월 일기를 쓴 사람의 경우는 어떠한가. 아마도 그는 이렇게 말할 것이다.

"나는 책을 낸 적이 없다. 독자를 고려하지 않았다. 그런데도 글쓰기는 내 마음을 다스리는 데 큰 도움이 됐다!"

일기처럼 지극히 개인적인 글의 경우에는 독자를 전제할 필요가 없는 것일까? 틀렸다. 일기도 '미래의 나'라는 독자가 엄연히 존재한다. 언제든 다시 펼치지 않을 일기라면 쓸 필요 없을 거다. 모든 글은 독자를 전제한다. 글쓰기가 존재하는 이유는 나와 독자, 모두를 위해서다. 어느 한쪽도 간과해서는 안 된다.

그렇다면 '읽는 사람을 위함'이란 말은 정확히 어떤 뜻일까? 크게 세 가지로 나눌 수 있다.

첫째, 내 글을 읽는 독자가 공감하며 고개를 끄덕인다.
마음이 통한다는 뜻이다. 그래! 맞아! 나도 그랬어! 함께 눈물도 흘리고 웃음을 짓기도 한다. 에세이가 여기에 속한다.

둘째, 나와 비슷한 시도를 해보려는 의욕이 생긴다.
이 작가가 해냈다면 나도 분명 해낼 수 있을 거야! 간접 경험을 통해 자신감이 생겼다. 이제 독자는 책에 나온 내용대로 도전을 시

작하게 된다. 에세이 형식이면서도 자기계발 성격이 강한 책이라 할
수 있겠다.

셋째, 배우고 익힌다.

저자의 강력한 권유에 따라 그대로 실천에 옮긴다. 믿고 따른다.
저자에 대한 확고한 신뢰가 바탕이 되어야 한다. 자기계발서로 분
류된다.

공감, 공감과 시도, 동기부여와 도전. 편의상 세 가지로 분류했
지만, 중요한 것은 이 모든 책이 가지는 공통점이다. 그것은, "마음
을 움직이고 행동에까지 이르게 만드는" 것이 글을 쓰고 책을 출간
하는 이유라는 사실이다.

이제 결론은 나왔다. 우리는 "독자의 마음을 움직이고 행동에까
지 이르게 만드는" 글을 쓰기만 하면 된다. 여기저기서 투덜거리는
소리가 들리는 듯하다.

"말 참 쉽게 한다……."

어떻게 써야 하는가? 어떻게 써야 독자의 마음을 움직일 수 있을
까? 어떻게 써야 독자가 팔을 걷어붙이고 행동에 옮기도록 만들 수
있을까?

다양한 방법이 있겠지만, 가장 중요한 것은 "사실적 이미지를 떠

올릴 수 있도록" 써야 한다는 점이다. 그냥 예쁘다고 쓰는 게 아니라, 꽃잎의 색깔과 생김새, 수술과 잎사귀, 크기, 향기, 꽃의 이름, 피는 장소, 주변 다른 식물들, 날씨와 바람, 함께 있었던 친구까지. 내가 꽃을 바라보고 있는 시간과 장소를 있는 그대로 독자에게 보여줄 수 있어야 한다.

사람의 마음을 움직이기 위해서는 그 마음이 어디에 있는지 아는 것이 먼저다. 사람 마음은 어디에 있는가? 뇌에 있다. 뇌는 어떤 자극에 반응하는가? 오감이다. 보고 듣고 느끼고 냄새 맡고 맛보는 다섯 가지 감각에 따라 움직인다. 사람 마음을 움직이려면 뇌를 자극해야 하고, 뇌를 자극하는 방법은 오감 활용뿐이다.

예쁘다고 쓰지 말고 꽃잎의 색깔과 모양을 써야 한다. 힘들었다고 쓰면 아무것도 보이지 않는다. 40kg 시멘트 포대를 지고 빌라 건축 현장 5층까지 수도 없이 오르내렸다고 써야 한다. 슬프다고 쓰지 말고, 저기 멀어져가는 남자친구의 어깨를 써라. 덥다고 쓰지 말고 얼음물을 미친 듯이 들이켜는 모습을 그려라. 맛있다고 쓰지 말고 김치찌개 국물과 돼지고기가 입안에서 어우러지는 식감과 풍미를 적어라.

분홍빛 꽃잎과 초록색 줄기를 머릿속으로 그려본 독자는 그 꽃이 예쁘다고 느낄 수도 있고 그렇지 않다고 여길 수도 있다. 독자 마음이다. 작가는 독자에게 예쁘다는 감정을 강요할 수 없다. 억지로 우기는 게 아니라 마음을 움직이는 거다.

"아! 꽃이 참 예쁘겠구나!"
"아이고, 힘들었겠다!"
"그래, 나도 그때 슬펐는데."
"엄청 더웠나 보다."
"와! 나도 김치찌개 먹고 싶다!"

예쁘다, 슬프다, 힘들다, 덥다, 춥다, 우울하다, 마음이 아프다, 괴롭다, 죽고 싶다, 기쁘다, 행복하다, 부끄럽다, 서럽다……. 이렇게 감정을 직접적으로 표현하는 서술어는 지극히 단순한 설명에 불과하다. 설명문의 역할은 정보나 지식의 전달이다. 그 이상 넘지 못한다. 보험 설계사가 아무리 상품 설명을 똑 부러지게 해도 고객 마음은 움직이지 않는다. 공감할 수 있는 스토리가 드라마처럼 보일 때 비로소 마음의 문이 열린다.

좋은 글은 읽는 순간 그림이 그려지는 글이다. 자신이 쓴 글을 읽어보자. 머릿속에 이미지가 그려지는가? 전혀 그렇지 않다면, 아쉽지만 전부 지우고 다시 쓰자.

5

지금 당신이 가진 것만으로도 충분하다

글감은 관점에 관한 문제다. 책을 쓰려는 이들에게 가장 큰 골칫거리 중 하나가 바로 '무엇을 쓸 것인가'인데, 조금만 생각을 달리하면 얼마든지 쉽게 풀어낼 수 있다.

똑같은 사물이나 사건도 바라보는 관점에 따라 전혀 다른 글감이 된다. 백 년 된 고목 한 그루가 있다고 치자. 숱한 세월 동안 같은 자리를 지키며 시원한 그늘과 맑은 공기를 전해준다는 예찬의 글을 쓸 수도 있고, 고집스럽게 자리만 차지하는 흉물 덩어리라고 쓸 수도 있다. 사람마다 다르다. 어떻게 쓰든 상관없다. 다만, 자신이 주장하는 내용에 합당한 근거를 뒷받침해야 한다.

시원한 그늘과 맑은 공기를 전해준다는 관점이라면, 한여름 고목 아래에서 동네 사람들이 행복하고 편안한 시간을 보내는 모습을 묘사할 수 있다. 흉물 덩어리로 보는 관점이라면, 지저분한 모습이 동네 풍경을 망치거나 고목 때문에 주차하기 힘들었던 경험 등을 쓸 수 있겠다. 옳고 그름을 따지는 게 아니다. 어떤 생각이든 그 사람의 자유다. 글을 쓰는 사람은 독자를 전제해야 하므로, 자신의 주장에 대한 근거를 명확하게 쓰기만 하면 된다.

투표한다고 생각하면 쉽다. 동네 주민들이 모여 고목나무를 없애버릴 것인지 그냥 둘 것인지 찬반 투표를 한다면, 자신이 어느 편에 서서 이야기할 것이며 어떻게 말해야 주민들의 표를 더 많이 얻을 수 있는지 고민해보는 것이다.

모든 글은 작가 입장의 '관점'을 정리하는 것이며, 얼마나 논리정연하게 또는 감성적으로 표현하는가에 따라 독자의 마음을 얻는 정도가 결정된다.

책을 쓰기 전에 이미 주제와 제목과 목차를 정했다. 목차에 따라 집필을 시작했다. 오늘 써야 할 한 편의 글. 목차를 보고 핵심 메시지를 적는다. 이제 그 핵심 메시지를 뒷받침할 수 있는 근거, 사례, 증명, 예시, 일화 등을 쓰기만 하면 된다.

적합한 글감을 찾으려 애를 쓸수록 글쓰기는 점점 더 힘들어진다. 매일 마주하는 일상을 비틀어보는 습관이 쓰기를 수월하게 만든다.

남자와 여자가 싸우고 있다. 여자가 발로 남자의 얼굴을 찼다.

열차 객실 안에서 벌어진 상황이다. 어떤 글을 쓸 수 있을까?

먼저, 남성 우월주의에 관한 글이다. 세상이 아무리 변했기로서니, 어디 여자가 감히 남자의 얼굴을 발로 차는가! 말세다 말세! 대충 이런 식으로 흘러갈 거다.

여성의 입장으로 쓸 수도 있다. 남자가 오죽 못났으면 여자한테 발로 두들겨 맞으며 사느냐! 때리는 사람이 문제가 아니라 맞는 놈이 병신이지!

또는, 싸움의 당사자보다는 피해 보는 사람 편을 들어줄 수도 있겠다. 남자와 여자 바로 곁에 앉아 눈치만 살피는 이들. 그들이 불쌍하다는 글을 쓸 수도 있다.

싸우는 이유는 모르겠지만, 열차 객실이라는 공공장소에서 주변 사람 피해 줘가며 저렇게 싸우는 것은 옳지 않다는, 사회적 관점에서 쓸 수도 있을 것이다.

싸움은 말려야 옳다. 그런데 아무도 말릴 생각은 하지 않고, 스마트폰으로 사진 찍기 바쁘다. 현실을 지적하는 내용도 괜찮을 것 같다.

남자와 여자가 다투는 모습을 보고도 수만 가지 주제의 글을 쓸 수 있다. 바로 이것이 관점이다. 글 쓰는 사람은 무슨 일이든 이렇게도 보고 저렇게도 볼 수 있는 다양한 눈을 가져야 한다. 연습해야 한다. 노력해야 한다.

글감은 찾는 게 아니라 다르게 보는 거다. 쓸 거리가 없다는 말은 '다르게 보려는 노력을 전혀 하지 않는다'는 뜻이나 다름없다. 물론 쉽지 않다. 시간과 노력이 필요하다. 다르게 보려고 애써야 하고, 여러 번 써봐야 한다. 다르게 본다는 말은 생각한다는 뜻이고, 생각은 말처럼 쉽지 않기 때문에 식은땀이 흐를 수도 있다. 그러나 잊지 말아야 한다. 작가가 고민하고 애쓸수록 독자는 쉽고 편하고 재미있게 읽는다. 글 쓰는 이유가 무엇인가? 독자를 위함이 아니던가. 기꺼이 노력하고 땀 흘릴 각오를 해야 한다.

내가 운영하는 책쓰기 수업에서 출간한 최연소 작가의 나이는 열두 살이다. 초등학교 6학년. 12년의 삶으로도 책을 썼다. 지금도 두 번째 집필 중이다. 20년 30년 인생을 경험하고도 쓸 거리가 없다는 말은 상식에 맞지 않는다.

"그렇다면 아무 글이나 막 써도 된다는 말입니까?"

말꼬리를 잡는 사람이 분명 있을 거다. 맞다. 아무 글이나 막 써도 된다. 써보면 안다. 아무 글 막 쓰기도 쉽지 않다는 사실을.

머리와 가슴과 눈과 손이 동시에 힘을 합해야만 한 줄이라도 쓸 수 있다. 당신이 생각하는 '아무 글'이 제법 구색을 갖추게 될 거라고 확신한다.

사람은 누구나 머릿속에 가슴 속에 어마어마한 양의 경험과 쓸 거리를 가지고 있다. 깊이 돌이켜본 적이 없고, 글로 써본 적 없어서

'자신이 쓸 수 있다는 사실'을 잊고 있을 뿐이다.

　이미 가지고 있는 것만으로도 충분하다. 지금 서 있는 그 자리에서도 얼마든지 쓸 수 있다. 위대한 장군은 침략을 잘하는 사람이 아니라 내 국민을 잘 지키는 사람이다. 작가는 멋진 글감을 찾는 사람이 아니라, 내 안에 담긴 이야기를 솔직하고 명확하게 쓸 줄 아는 사람이다.

　죽을 때까지 써도 가지고 있는 것 다 못 쓴다. 허세 부리지 말고 오늘 있었던 일부터 쓰자.

6.
징징거리지 마라

책쓰기 수업을 진행하면서 생각보다 많은 사람이 습관적으로 징징거린다는 사실에 놀라지 않을 수 없었다. 쓰는 과정에 전혀 도움되지도 않고 해결되지도 않는데 입버릇처럼 내뱉고 있었다. 몇 가지 예를 들어보자면 아래와 같다.

- 글을 쓸 만한 시간이 없어요.
- 저는 글쓰기 실력이 부족해요.
- 쓰고 나면 이게 글인가 싶어요.
- 제대로 쓰고 있는 건지 모르겠어요.
- 이렇게 써도 출판사에서 받아줄지 고민이에요.
- 무엇을 써야 할지 모르겠어요.
- 어떻게 써야 할지 감이 안 잡혀요.

- 내 책을 읽고 누가 흉볼까 봐 두려워요.
- 분량 채우는 게 힘들어요.
……

이 밖에도 수없이 많다. 처음에는 이런 핑계와 변명이 사실인가 싶었다. 그러나 3년 9개월 동안 전국을 다니며 예비 작가들과 글 쓰는 동안 정확히 깨달을 수 있었다. 말 그대로 핑계와 변명일 뿐이었다.

시간은 분명 낼 수 있고, 글쓰기 실력은 쓰다 보면 향상되는 거고, 처음 쓰는 거니까 부족할 수밖에 없다. 출판사에서 받아줄지, 누가 흉볼까 봐, 이런 고민은 다 쓰고 나서 해도 된다.

누군가 노트북을 빼앗아 부숴버리는 것도 아니고, 글을 쓸 때마다 망치로 머리를 후려갈기는 것도 아니고, 손가락이 닳아 없어지는 것도 아니다. 환경이나 상황은 쓰지 못하는 이유가 될 수 없다. 어머니는 여든 나이에도 손가락 두 개로 더듬더듬 글을 썼고 쓰고 있다. 나는 퀴퀴한 방 한쪽 구석에서 '교정 노트'에다 글을 썼다.

책쓰기 수업에 참여해서 책을 출간한 약 400명의 작가에게도 '쓰지 못할' 이유는 얼마든지 있었다. 그러나 그들은 썼다. 핑계와 변명으로 이유를 설명하는 대신, '그럼에도 불구하고' 쓸 수 있다는 사실을 결과로써 증명했다.

"힘들다고 하지 마라! 그 말을 듣는 사람의 90퍼센트는 당신 말에 관심 없고, 나머지 10퍼센트는 오히려 기뻐할 것이다."

미국 풋볼 코치 루 홀츠의 연설 대목 중 한 구절이다. 지나칠 정도로 냉정하게 보는 것 아니냐는 반문을 던지고 싶지만 입을 다물기로 했다. 충분히 경험했다. 아니라고 믿고 싶지만, 현실은 달랐다. 다른 사람의 하소연을 들어주고 고개를 끄덕이긴 하겠지만 그뿐이다. 아무도 내 삶을 대신 살아줄 수 없다. 자리에서 일어서면 모두가 자신의 삶으로 돌아간다.

애초부터 무관심한 사람도 있겠지만, 경험치로 미루어 짐작하는 이들도 적지 않을 거다.

'또 징징거리는구나, 쟤는 만나기만 하면 불평불만이야, 원래 저래, 그렇지 뭐……'

돌아서서 이렇게 말하는 것은 아닐까. 답답하고 힘든 심정 애써 털어놓았는데, 나만큼 진지하게 고민해주는 사람이 얼마나 될까?

힘들지 않은 사람 없다. 쉽고 편하게 살아가는 사람도 없다. 성공한 사람은 땀 흘리고 노력했다.

"여러분! 글을 쓰고 책을 출간해보세요. 제가 도와드리겠습니다."

소외된 사람들에게 이렇게 말하면 대부분 한결같이 대답한다.

"아이고 작가님, 우리 같은 사람이 무슨 책을 씁니까. 인생 패배

자한테 그런 말씀 마세요."

동기부여 특강에서 같은 권유를 하면 또 이런 대답이 돌아온다.

"작가님이야 감옥에도 댕기오고, 쓸 이야기가 많겠지만, 저는 평범한 삶을 살아서 쓸 만한 이야기가 없어요."

안에 있는 사람은 안에 있어서 쓰지 못하고, 밖에 있는 사람은 밖에만 있어서 쓰지 못한다고 한다. 나는 대체 누구한테 책쓰기를 권해야 하는 걸까.

"무엇 때문에" 하지 못한다는 말은 치명적이다. 운전대를 그 '무엇'에게 넘겨버렸기 때문에, 스스로 할 수 있는 일이 아무것도 없다. 조수석에다 몸을 싣고 가만히 지켜보기만 해야 한다. 자신이 하는 일이 아무것도 없으니, 결과에 대한 책임질 리 만무하다. 무슨 일이 생기기만 하면 운전석에 앉은 그 '무엇'을 탓하며 또 징징거린다. 끝도 없이 반복하다 결국은 막다른 골목에 도달할 테고, 삶을 마감하는 순간까지 그 '무엇'을 향해 투덜거리며 눈을 감겠지.

선택해야 한다. 삶의 모든 선택과 결정, 그에 따른 책임이 모두 내게 있다는 사실을 인정하고 주인이 되는 길. 아니면 계속 징징거리며 불평과 불만을 쏟아내는 길. 전자는 힘들고 후자는 쉽다. 힘든 길을 택하면 인생은 달라진다. 쉬운 길을 택하면 끝도 없이 추락한다.

주인이 되자. 선택하고 결정하고 땀 흘려 노력한다. 어떤 결과가 나오든 쿨하게 받아들이고 책임진다. 그리고 다시 도전한다. 멋지지 않은가!

7

연습, 또 연습하라

책쓰기에도 연습이 필요하다. 운동선수도 연습하고, 악기 연주가도 연습한다. 춤, 노래, 조각, 미용, 운전, 음식 등 연습이 필요 없는 분야는 없다. 재미있는 사실 하나. 사람들은 이렇게 모든 일에 연습이 필요하다는 사실을 잘 알고 있고, 또 당연하게 여긴다. 그런데 책을 쓰는 일에서만큼은 연습보다 결과에만 매달린다. 책을 쓰는 자체만으로도 충분한 연습을 하는 것 아니냐는 말도 안 되는 착각을 하고 있다.

책쓰기 외에 하루 삼십 분씩 글쓰기 연습을 하는 사람과 달랑 책만 쓰는 사람의 글솜씨는 보지 않아도 뻔하다. 모든 일에서 기본은 같다. 연습하면 실력이 는다. 잘 쓰고 싶다는 말은 문장력을 키우고 싶다는 말이고, 문장력은 많이 쓸수록 향상된다.

아파트 계약할 때 계약금 낸다. 1억짜리 아파트 구입할 때 계약금 천만 원 냈으면, 잔금은 구천만 원만 내면 된다. 이걸 모르는 사람이 있을까?

출판사와 계약할 때, 작가는 계약금을 받는다. 선인세다. 말 그대로 차후 받을 인세에서 미리 당겨 받는 금액이다. 조삼모사다. 계약금을 받지 않으면 나중에 인세를 정상적으로 받고, 계약금을 받으면 그만큼 인세에서 빠진다.

모든 계약에서 계약금은 이런 의미인데, 희한하게도 예비 작가 중에는 계약금을 공돈으로 인식하는 사람이 있다. 많다. 책쓰기를 특별한 분야라고 생각하기 때문이다.

피아노를 처음 배우는 사람은 도레도레 건반부터 익힌다. 권투를 배우는 사람은 줄넘기와 체력단련부터 시작하고, 노래를 배우는 사람은 발성부터 연습한다. 연습과 노력 없이 이루어지는 일은 없다. 그런데 왜 책 쓰려는 사람들은 한 방에 '짠!' 기대만큼 결과가 나오기를 바라는 것일까. 한술 더 떠서, 베스트셀러 작가가 되고 싶다는 사람조차 글쓰기 연습을 전혀 하지 않으니. 대체 이런 욕심은 어디서부터 잡아야 하는 걸까.

글쓰기 연습 방법은 세 가지로 정리할 수 있다. 내가 주로 쓰는 방법인데 효과가 크다. 작가가 되려는 이들에게 도움이 됐으면 좋겠다.

첫째, 짧은 영상을 글로 옮긴다.

유튜브를 활용한다. 1분 미만이면 좋겠다. 눈에 보이는 영상을 글로 옮기는 작업은 '보여주는 글'을 쓸 수 있는 최고의 방법이다. 만만한 영상 하나를 골라 글로 써본다. 그리고 내일이 되면, 같은 영상을 놓고 다시 글을 쓴다. 사흘쯤 반복한 후, 다른 영상을 골라 같은 연습을 반복한다. 이렇게 하면, 자신의 경험이나 생각을 이미지가 그려지는 글로 표현할 수 있게 된다. '묘사'라는 어려운 말 집어치우고, 영상을 글로 옮기는 연습을 꾸준히 해보길 권한다.

둘째, 일정한 분량을 틀에 맞춰 쓰는 연습을 한다.

권하고 싶은 분량은 A4 두 장인데, 여건상 힘들다 싶은 사람은 한 장이나 반 장도 괜찮다. 매일 쓰는 것이 중요하다. 다양한 형식이 있겠지만, 개인적으로는 PREP프렙(《인류 최고의 설득술 프렙》, 김은성, 쌤앤파커스)을 애용한다.

이 글을 통해 전하고자 하는 핵심 메시지Point를 먼저 쓰고, 이어서 왜 그렇게 주장하는지 이유Reason를 쓴다. 다음으로, 내가 주장하는 바와 관련 있는 경험Example 또는 사례를 쓴다. 경험은 분량에 따라 하나 또는 그 이상을 써도 된다. 마지막으로, 맨 처음 쓴 핵심 메시지를 다른 표현으로Point' 강조하며 끝낸다.

PREP프렙으로 글쓰기를 연습하면 논리적인 사고를 하는 데에도 도움이 되고, 과거의 경험을 떠올리기도 쉽다. 조리 있게 말하는 습관도 만들 수 있다.

  셋째, 시간을 정해두고 쓴다.

  많은 작가가 활용하는 방법이다. 십 분도 좋고 한 시간도 좋다. 매일 시간을 정해두고, 그 시간이 되면 무조건 쓴다. 24시간 살지 말고, 23시간 30분만 사는 거다. 다른 어떤 일보다 우선순위를 두고, 하늘이 무너져도 글 쓰겠다는 각오로 임한다. 시간을 정하는 것은 습관을 만드는 가장 쉬운 방법이다. 지키지 못하면 어떻게 해야 합니까 물을 필요도 없다. 내 시간인데 누구한테 물어보는 것인가.

  책을 출간하면 강연 무대에 설 기회가 생긴다. 상상해보라. 무대에 서서 수많은 청중한테 자신의 이야기를 들려준다.

  "저는 책쓰기가 쉬웠습니다. 그냥 쓰니까 술술 써지던데요."

  재수 없다. 공감도 안 된다. 이렇게 말하는 작가의 책은 읽고 싶은 마음도 없다. 그래 너 잘났다! 심보만 고약해진다.

  "힘들었습니다. 글재주가 없었거든요. 매일 연습했습니다. 하루 30분씩 글을 썼지요. 처음엔 하나도 나아지지 않는 것 같았습니다. 포기할까 생각도 많이 했고요. 그런데, 석 달쯤 지나니까 저도 모르게 책상 앞에 앉아 뭔가 쓰고 있더군요. 조금씩 습관이 잡혀가는 듯했습니다. 아직도 많이 부족하지만, 저는 자신합니다. 제 글이 예전보다는 많이 나아졌다는 사실을 눈으로 확인했으니까, 앞으로도 더 좋아질 가능성이 충분하다고 믿습니다. 글쓰기 연습을 게을리하지 않을 겁니다. 더 좋은 글 쓰도록 노력하겠습니다. 함께하시겠습니까?"

적어도 이 정도의 경험은 있어야 강연도 빛이 난다. 지금 힘들다면, 그 모든 과정이 무대 위 연설의 씨앗이 될 거라는 사실을 떠올려보면 어떨까. 힘들고 어려운 과정을 딛고 일어선 자신의 모습에 수많은 사람이 자극받게 될 것이다. 선한 영향력. 연습하고, 또 연습하라!

시중 서점에 가면 글쓰기 또는 책쓰기에 관한 책이 셀 수 없을 정도로 많다. 쓰는 방법, 구체적인 예시, 거장들의 쓰는 습관 등 세상에 존재하는 '쓰기에 관한 모든 해답'이 자세하게 기록되어 있다. 어쩌면 지금 내가 쓰고 있는 원고도 다른 책들에서 수없이 강조한 내용의 반복일지도 모른다.

방법을 몰라서 쓰지 못한다는 사람이 여전히 많다. 어찌 된 일인가? 손에 잡히는 대로 다섯 권만 골라 읽으면 글쓰기 박사가 되고도 남을진대, 대체 그 수많은 책은 서점 진열대에서 무슨 헛수고를 하고 있단 말인가!

아마 이 책을 읽는 독자 중에도 글쓰기나 책쓰기에 관한 독서가 이번이 처음은 아닌 이들이 상당할 거라 짐작한다. 네이버와 유튜브를 비롯한 SNS를 통해서도 문장 쓰는 법과 책쓰기 기본은 한 번

쯤 익혔을 게 분명하다. 무엇이 문제인가? 아직도 여전히 "방법을 몰라서"라는 투정이 통할 거라 생각하는가!

　답은 실천이다. 오직 행동뿐이다. 쓰지 않으면서 잘 쓰는 방법은 없다. 이 무슨 해괴망측한 소리인가. 입을 꾹 다물고 있으면서 노래를 잘 부르길 기대하고, 방에 누워서 국가대표 마라톤 선수가 되길 바라고, 숟가락을 손에 쥐지도 않은 채 배고프다 타령하는 격이다.
　"잘 안 써지는데요?" "써봐야 알지!"
　"무엇을 써야 할지 잘 모르겠어요." "써봐야 알지!"
　"어떻게 써야 하나요?" "써봐야 알지!"
　글쓰기와 책쓰기에 관한 모든 문제는 쓰지 않는 데에서 비롯된다. 간혹, 무턱대고 쓰는 것은 옳지 않다며 지적하는 작가도 있다. 제대로 배워서 바르게 써야 한다는 주장이다. 일리 있는 말이다. 배운 다음에라도 쓰기만 한다면 문제없다. 그런 경우에도 배우기만 하고 쓰지 않는 사람이 허다하니 답답한 노릇 아닌가.
　먼저 이유를 알아야 한다. 왜 쓰고 싶다면서 쓰지 않는 것일까. 이유를 알고 나면 대책을 세울 수 있다.

　쓰지 않는 첫 번째 이유는, 결과를 빨리 만나고 싶어 하는 조급함 때문이다. 오늘 쓰고 내일 책이 나온다면, 아마 지금보다 작가의 수가 훨씬 많아질 거다. 하루 만에 뚝딱! 눈으로 결과를 확인할 수 있으니 속이 다 시원하다. 그러나 현실은 어떠한가? 초고를 집필하는 데에만 몇 달이 걸리고, 수정하고 보완하는 퇴고 작업은 그보다 더 오랜 시간이 필요하다. 탈고하면 끝인가? 아니다. 출판사에 투고하고 계약을 체결하는 과정도 만만치 않다. 출간계약을 체결한 후에도 추가 수정과 편집과 디자인 작업을 거쳐 실물 책이 나오기까지 상당한 시간이 걸린다.

책 한 권 쓰는 것은 보통 일이 아니다. 작가 혼자 힘으로 되는 일도 아니다. 그래서 책쓰기를 인내와 끈기의 결실이라 말한다. 책을 출간한 사람을 대단하게 보는 이유도 바로 이러한 지난한 시간과 노력을 인정하기 때문 아니겠는가.

돈벌이나 성공을 목적으로 책을 쓰려는 사람들에게 출간의 과정은 그야말로 지루하고 짜증 나는 길이다. 빨리 책을 출간하고 베스트셀러 작가가 되어 돈을 벌어야 하는데, 쓰고 고치고 쓰고 고치려니 환장할 노릇이다. 쓰는 과정에서 진짜 자기 모습을 찾아 삶의 의미와 가치를 찾으라고 강조하면, 겉으로야 고개를 끄덕이지만 속으로는 울화통이 치밀겠지. 본질 같은 소리 하고 있네!

마음이 조급하면 한 줄도 쓸 수 없다. 글을 쓰는 이유는 전속력으로 달리기 위함이 아니라 멈추기 위함이다. 느긋한 마음으로 생각을 즐기고, 백지 앞에서 고요해질 수 있을 때, 비로소 글은 내 말에 귀를 기울여준다.

쓰고 싶다고 말하면서도 쓰지 않는 두 번째 이유는 무엇일까? 자신이 쓴 글을 평가하고 분석하는 습성 때문이다.

경우에 따라 다르겠지만, 통상 A4 용지 최소 80매 이상을 써야 책 한 권이 만들어질 수 있다. 갈 길이 멀다. 마라톤이다. 그런데 책 쓰기를 막 시작한 예비 작가 중에는, 한 줄 쓰고 읽어보고 세 줄 쓰고 평가하고 열 줄 쓰고 분석하는 사람이 너무 많다. 다시 말하지만, 먼저 초고를 완성하는 것이 중요하다. 원석이 있어야 가공할 수 있다. 글쓰기는 고쳐 쓰는 작업이다. 고칠 거리를 먼저 만들어야 한다. 초고를 쓰는 과정이 길어질수록 초보 작가는 포기할 확률이 커진다. 조급한 마음으로 서두르는 것도 문제지만, 얼마 쓰지도 않은 글을 놓고 평가하고 분석하느라 자꾸만 자기 발목을 잡는 것도 심각한 문제다.

내려놓아야 한다. 자신이 쓴 글을 읽고 제대로 평가하고 분석할 능력 있다면, 이미 충분한 실력을 갖춘 작가라 할 수 있을 것이다. 안타깝게도 우리에게는 한 줄씩 쓰고 평가할 만한 능력이 없다. 쓰면서 동시에 분석할 만한 실력이 아직은 없다.

퍼즐을 하나씩 맞추면서 고민하는 게 아니라, 일단 대충이라도 끼워 맞춰 큰 그림을 완성한다. 그리고 나면, 엉성한 부분도 보이고 어색한 모양도 눈에 띈다. 숲을 보면서 나무를 옮겨 심듯, 가지를 치고 길을 만들 듯, 그렇게 다듬는 과정을 통해 글 쓰는 법을 배워야 한다.

작가가 열 명이면 쓰는 방법도 열 가지다. 자신만의 글 쓰는 방법을 터득하기 위해서는 먼저 써야 한다. 다른 작가들의 글을 읽으며 베껴 쓰기도 해보고, 정리되지 않은 생각들을 마구 쏟아내기도 하면서. 가장 먼저 자신의 글에 '문제'가 있다는 사실을 제대로 볼 수 있어야 하고, 다음으로 그 문제가 정확히 무엇인지 보는 눈을 키워야 한다. 마지막으로 문제를 해결하는 방법을 깨우치는 것. 이런 모든 과정이 글쓰기다. 그러니 먼저 쓰지 않고서야 어떻게 글쓰기를 배우겠는가.

9

극복해야 할 세 가지 방해요소

책을 쓰는 과정은 만만치 않다. 결심하고 의지를 다지고 이를 악물고 주먹을 불끈 쥐며 시작하지만, 얼마 못 가서 온갖 유혹에 시달리게 된다. 앞서 말한 바 있지만, 사람의 뇌는 다양한 방법으로 새로운 변화와 시도를 막으려 애쓴다. 긍정적인 마음의 소리에는 귀 기울여야 하지만, 내 인생에 도움되지 않는 잡소리는 반드시 차단해야 한다. 성장과 변화를 위해, 그리고 쓰는 삶을 위해 고려해야 할 대표적인 세 가지 요소를 정리한다.

● 주변 사람들의 시선

지독한 병이다. 웬만해선 떨어져 나가지 않는다. 칭찬과 인정을 받고 싶은 인간 본성 때문이다. 자신의 지난 삶에 대해서, 오직 자신의 경험과 생각에 대해 글을 쓰면서도 시종일관 타인의 시선과 반응을 신경 쓴다. 이렇게 쓰면 뭐라고 하지 않을까, 저렇게 쓰면 흉보지 않을까, 친구가 읽으면 등을 돌리지 않을까, 시댁에서 읽으면 난리 나지 않을까……. 숨쉬기가 힘들다. 한 줄 쓰기가 사막 횡단이다. 이런 생각을 하는 사람이 도대체 바깥 외출은 어떻게 하는 건지. 남들이 뭐라 할까 걱정이 태산일 텐데, 어찌 지금까지 살아온 건지.

다른 사람에게 별 관심 없다. 당신도 그렇지 않은가? 그러니 마음 푹 놓고 쓰고 싶은 대로 마음껏 써라! 혹시라도 당신의 글을 읽고 이런저런 트집을 잡는 사람 있다면, 그 사람 아마 한 번도 책을 써본 적 없는 사람인 것이 분명하다. 원래 자기가 못하는 일을 남이 하면 시비를 걸고 싶기 마련이다. 당당하고 뻔뻔해져야 한다. 세상에서 가장 멋진 글을 쓴다 하더라도, 여전히 당신 글에 트집 잡는 사람 있다. 책쓰기 말고 다른 일을 해도, 그 일에서 아무리 성과를 내도, 여전히 당신이 하는 일에 태클을 거는 사람 있다. 고개를 들고 눈을 부릅뜨고 정면을 보라. 주변을 살피느라 정신없이 흔들던 머리와 눈을 고정하고, 살아온 길을 진심으로 사랑하라. 그때 그 일이 있었기에, 지금 당신이 여기 살아 있다.

● 내가 쓰는 글의 가치

"이런 내용이 과연 책으로서 가치가 있을까요?"

책을 읽지 않았기 때문에 이런 질문이 나오는 거다. 당장 서점으로 달려가라! 그 곳에는 당신이 쓰고 있는 내용과 비슷한 종류의 책이 있다.

"이미 비슷한 내용이 책으로 나왔는데, 굳이 내 이야기를 보탤 필요가 있을까요?"

다시 서점으로 달려가라! 그곳에는 비슷한 주제를 다양한 시각과 경험으로 풀어낸 수많은 책이 있다.

"다들 정말 글을 잘 쓰네요. 저처럼 못 쓰는 사람이 이런 책들과 경쟁이 될까요?"

자, 이쯤 되면 슬슬 주먹에 힘이 들어간다. 책쓰기가 문제가 아니라 사고방식을 뜯어고쳐야 한다. 어떻게든 쓰지 못할 이유를 찾아내는 귀신같은 '생각법'에 혀를 내두를 지경이다. 대단하다!

경쟁이 되겠냐고? 책을 경쟁하기 위해 쓰려고 하는가? 1등 할 것도 아니면서 학교는 왜 다녔나? 최고의 아내 최고의 남편도 아닐 텐데 결혼은 왜 했는가? 뭐라고? 당신 눈에는 최고라고? 바로 그거다! 자신의 눈에 최고이기만 하면 된다. 남들이 뭐라고 하든, 객관적인 기준이 무엇이든, 아무 상관없다. 내가 살아온 인생에 대해 내 관점으로 쓴다. 그걸로 충분하다. 이것이 바로 내가 쓰는 글의 가치다.

물론, 문장도 훌륭하고 논리도 정연하고 빈틈없이 쓸 수 있다면 더 좋겠지. 허나, 백 점짜리 인생 없듯 백 점짜리 글도 없다. 인생의 목적은 완벽한 삶이 아니라, 정성을 다하는 데 있다.

"삶은 평가하는 게 아니라 살아내는 것." 안도현 시인의 말씀이다. 멋지지 않은가. 스스로 평가와 점수에서 벗어나야 한다. 왜 자신의 삶을, 자신의 글을, 다른 사람과 세상으로부터 평가받으려 하는가. 시험이라면 지긋지긋할 텐데 왜 자꾸만 자초해서 시험장을 만드는가.

책쓰기는 평가하는 게 아니라 채워나가는 것. 당신이 쓰는 글은 반드시 누군가에게 도움을 준다. 믿어도 된다. 전과자라서 별로 믿음이 가지 않겠지만, 적어도 책쓰기에 있어서만큼은 믿어도 될 만큼 경험과 성과를 가지고 있다.

● 생각이 먼저인가 글쓰기가 먼저인가

둘은 하나다. 대부분 생각부터 하고 난 후에 어느 정도 정리가 되면 쓰려고 하는데, 잘못된 방식이다. 인간의 사고 체계는 처음부터 논리정연하지 못한 상태로 만들어졌다. 때문에, 생각을 가지런하게 정돈한 후에 글을 쓴다는 것은 애초에 불가능하다. 쓰면서 생각해야 한다. 생각과 동시에 받아 적어야 한다. 글쓰기와 생각을 하나로 묶어야만 쓸 수도 있고 생각할 수도 있다.

책쓰기 수업에 참여했다가 생각 좀 정리한 후에 시작하겠다며 시간을 달라고 했던 사람들, 아직도 생각 중이다. 한 줄도 쓰지 못했다. 글쓰기는 머리로 하는 게 아니다. 부지런히 손을 움직여야 한다. 무엇을 쓸지, 어떻게 써야 할지, 밤새도록 고민했다는 말은 한 줄도 쓰지 않았다는 말에 다름 아니다. 생각하라! 쓰면서 하라!

  책쓰기는 쉽지 않다. 막히고 걸리고 넘어진다. 벽과 유혹이 끝도 없이 가로막는다. 그래서 도전할 만한 가치가 있다. 만만하고 쉬운 일이었다면, 나는 쓰지 않았을지도 모른다. 어렵고 힘드니까 오기가 생긴 거다. 상당한 노력과 시간이 걸리는 일이었기 때문에 성취감도 희열도 컸다. 나는 오늘도 글을 쓴다. 나는 오늘도 나를 뛰어넘는다.

10.
배리어^{barrier} 증후군

글재주가 없다며 하소연하는 이들이 많다. 능력이 없다는 말이다. 힘이 빠진다. 의욕도 없다. 능력이 없으니 어찌 쓸 수 있겠는가. 그만 포기해야 한다. 달리 방법이 없다.

피아노를 처음 치는 사람은 손가락이 마비된 것처럼 잘 움직이지 않는다. 능력이 없는 거다. 피아노는 무슨. 그냥 피리나 불어야지. 자전거 처음 타는 사람은 넘어지기 일쑤다. 자전거 타는 재주가 없다. 멍들고 피 나고. 이게 뭐 하는 짓인가. 당장 때려치워야 한다. 아이가 태어나면 말 한마디 하기까지 일 년 이상 걸린다. 그 후로도 의사소통 제대로 하려면 꽤 오랜 시간이 필요하다. 능력이 없는 거다. 말하는 재주가 없으니 포기해야 한다.

나는 이런 현상을 배리어^{barrier} 증후군이라 이름 붙였다. 네이버

에 조회해도 나오지 않는다. 내가 만든 말이다. 나중에 논문 쓸 작정
이다.

배리어barrier는 한계, 장애, 교착상태라는 뜻의 영어다. 배리어 증
후군이란, 경험 없는 상태를 능력이나 재주 없음으로 단정짓는 습
성을 뜻한다. 새로운 도전을 가로막는 가장 큰 원인이며, 자존감을
깎아내리는 일등 공신이다. 해보지 않은 일은 미숙하기 마련이다.
갓 태어난 아기에게 '말하기 재능'을 언급하는 부모는 없다. 난생처
음 피아노 학원을 찾은 사람한테 음악적 재능을 탓하는 선생도 없
다. 다른 사람에게는 "괜찮아. 처음인데 뭘."이라며 따뜻한 격려의
말을 전하면서, 왜 자신에게는 말도 안 되는 능력 탓을 하는지.

배리어barrier 증후군은 연습과 반복을 통해 얼마든지 극복 가능한
문제다. 가장 좋은 방법은, 스스로에게 마땅한 질문을 던져보는 것
이다.

첫째, 충분한 경험을 해보았는가?

이 질문에 고개를 흔든다면, 두 번 다시 능력이나 재능 따위 입
에 담지도 말아야 한다. 욕심이다. 나쁜 마음이다. 남들은 노력하고
땀 흘려 이룬 성과를 자신은 거저 얻으려는 심보다. 충분한 경험은
어디까지인가? 본인이 만족할 만한 성과를 얻을 때까지다. 정해진
바 없다. 경험하면 두려움도 사라진다.

둘째, 다양한 방법으로 시도해보았는가?

한 가지 방법으로 계속 시도해도 나아지는 게 없다면, 다른 방법을 찾아 도전해야 한다. 이렇게도 해보고, 저렇게도 해본다. 성장하고 발전할 수밖에 없다.

셋째, 이전과 비교했을 때 향상된 바가 전혀 없는가?

다소 부정적인 사람은 그렇다고 답변할 확률이 높다. 그래서 이번 질문은 가족이나 친구 지인한테 확인하는 것이 좋다. 노력했는데도 달라지는 게 없다는 말, 나는 믿지 않는다.

넷째, 도달하고자 바라는 최종 목적지는 어디인가?

글을 잘 쓰고 싶다는 마음은 막연하다. 정확하고 담백한 문장으로 만족할 것인지, 아니면 조앤 롤링 같은 작가가 되어야 만족할 것인지. 어쩌면 무리한 목표를 가진 것은 아닌지 짚어볼 필요가 있다.

다섯째, 앞으로 무엇을 어떻게 할 것인가?

발전 속도가 느리다면 보완책을 찾아야 한다. 멘토나 코치를 정하고 교육을 받아도 되고, 이미 완성 단계에 이른 선배를 따라 연습해보는 것도 좋은 방법이다.

글쓰기가 재능의 문제라면, 나 같은 사람은 죽었다가 깨어나도 책을 출간하지 못했어야 마땅하다. 능력의 부족이라며 하소연하는 이들에게 목에 핏대를 세워가며 "아니"라고 강조하는 이유는, 모두가 나의 경험이기 때문이다. 맨 처음 글을 쓰기 시작했을 때, 내가 쓴 글을 나조차도 이해하지 못했다. 진지한 마음으로 '나의 글'을 쓴 적이 한 번도 없었으니까. 만약 그때 내가 재능이나 능력을 탓하며 펜을 놓았더라면, 상상만 해도 끔찍하다.

해본 적도 없는 일을 어찌 잘할 수 있겠는가. 책을 몇 권씩 쓴 사람도 여전히 글쓰기가 어렵다고 한다. 초보임을 인정하고, 부족하고 모자란 자신을 받아들이자. 무슨 일이든 시작은 초라하기 마련이다. 태어날 때부터 부자인 사람들. 재수 없지 않은가?

지난 삶을 돌이켜보면 모두가 경험이었다. 기쁘고 행복했던 일도 경험이고, 아프고 쓰라렸던 상처도 모두 경험이다. 덕분에 우리는 성장했고, 살아가는 지혜를 쌓아왔다. 경험 없는 사람의 말은 신뢰가 가지 않고, 경험 부족한 사람의 행동은 어설프기 짝이 없다. 충분한 경험을 쌓고서야 비로소 마음속 응어리가 술술 써지는 희열을 맛볼 수 있다.

이 책이 출간되었을 때, 독자들로부터 "역시 잘 쓰네요!"라는 말보다는 "지난번 책보다 좋네요. 갈수록 글이 좋아지네요!"라는 말을 들으면 좋겠다. 한결같이 잘하는 것도 좋겠지만, 점점 나아지고 발전하는 삶이 더 멋지지 않겠는가.

시작하는 글쓰기가 얼마나 힘들고 막막한지 누구보다 잘 안다. 포기하고 싶은 마음이 굴뚝같고, 매일 책상 앞에 앉아 이마에 피가 나도록 끙끙대는 모습이 남 일 같지 않다. 분명한 것은, 힘들고 어려운 이유가 능력이나 재능의 부족 때문은 아니라는 사실이다. 이겨내고 극복할 수 있다. 시간과 정성의 문제다. 경험 부족일 따름이다. 나는 손톱 발톱 다 빠져가며 절벽을 겨우 기어올랐다. 당신이라면, 날아오를 수 있다. 먼저 문장 하나를 써라. 그리고 다음 문장을 써라. 백지가 채워지는 만큼 경험도 쌓인다. 경험 쌓이는 이상으로 삶은 더 나아진다. 배리어barrier 증후군 따위에 지지 말기를.

문장노동자를 위하여

장석주 작가가 쓴 《글쓰기는 스타일이다》라는 책에서 '문장노동자'라는 말을 처음 만났다. 황홀했다. 그래! 나는 문장노동자였다. 단어와 단어를 이어 문장을 만들고, 그 문장으로 삶과 이야기를 짓는다. 땀 흘리고 눈 침침해지고 허리 뻐근한 일. 그러나 내 존재 가치와 살아가는 이유를 분명히 해 주는 글쓰기. 내가 잠들게 될 무덤 앞에 다섯 글자 새길 수 있기를 바라는 마음이다.

따뜻한 위로와 격려 따위는 할 줄 모른다. 괜찮다는 마약으로 심쿵하게 만들고 싶지도 않았다. 거칠고 투박한 날 세워 쓰고 싶다는 갈망과 쓸 수 있겠다는 자신감 전해주고 싶었다. 연암 박지원의 말처럼 '아프고 가렵게' 쓰려고 노력했다. 읽는 동안 불편함을 느낀 독자도 있을 테고, 그래 너 잘났다 비꼬는 사람도 없지 않았을 것 같다.

책을 쓰는 일이 전부라는 뜻은 아니다. 본문에도 언급한 바 있지만, 이 책은 "쓰고 싶다, 써야 한다" 말하면서도 '쓰지 않는' 이들에게 전하는 내용이다. 해당 사항 없다면 상한 기분 풀길 바라고, 본인 얘기 같다면 기꺼운 마음으로 받아주면 좋겠다.

글 쓰는 일은 여전히 힘겹다. 전하고 싶은 메시지를 명쾌하게 풀어내는 것도 만만치 않고, 적절한 예시와 근거로 뒷받침하기도 쉽지 않다. 공들여 쓴 책이 엄청난 물리적 이익을 당장 가져다주는 일도 없다. 가끔은 울타리 밖으로 던져버렸던 효율과 생산성이란 단어에 은근히 미련 생기기도 한다.

그럴 때마다 마음 부여잡는다. 쓰지 않는다면, 과연 나는 무엇을 할 것인가. 힘겹지 않은 일, 쉽고 재미있고 수월한 일, 즉시 돈이 되는 일. 세상에 그런 일이 과연 있기나 한 것인가. 어차피 길은 험하다. 가시밭길 피하고 돌밭에서 등 돌리면 갈 곳은 없다.

힘들고 어렵다고 말하면서도 왜 나는 만나는 사람들에게 자꾸만 글을 쓰고 책을 내라고 권하는 것일까? 혼자만 힘들 수는 없다는 심보일까? 그렇지 않다. 나는 글쓰기와 책쓰기를 통해 많은 것을 얻었다. 잘 알겠지만, 흔히 말하는 베스트셀러 작가도 아니고 누구처럼 이름이 널리 알려진 사람도 아니다. 그러니까 내가 말하는 '글쓰기와 책쓰기의 가치'는 진실이라고 믿어도 된다. 슈퍼스타의 말이라면 '그래, 너는 성공했으니까 그런 말 하는 거겠지.'라며 튕겨낼 수 있겠지만, 나는 여전히 언덕을 오르는 중이다. 같이 가도 된다. 힘들고 어려운 현실에 공감할 수 있고, 나는 아직도 상처와 아픔을 치유하는 중이며, 지옥 같은 삶을 벗어나 평범한 삶에 이른 지 얼마 되지 않았다.

그러니까 당신도 써라! 나 같은 사람이 절벽을 기어오를 수 있었다면, 당신은 날아오를 수 있다. 돈이나 명예를 좇아 책을 내려는 마음 잠시 내려놓고, 내 삶의 이야기가 누군가를 도울 수 있다는 벅찬 마음으로 쓰면 좋겠다. 현실에 어울리지 않는 지나친 낭만이라고

비난하는 사람들도 있다. 먹고 살기 바쁜 세상인데, 돈도 안 되는 책 쓰기를 뭣하러 하냐고.

돈 되는 일만 하면서 사는 것도 별로지 않은가? 각박한 세상에서 낭만 갖고 글 쓰는 것도 꽤 멋진 삶이라는 생각이다. 선택과 결정은 개인의 몫이다. 그에 따른 책임도 자신이 져야 한다. 나는 다만, '다시 살아갈 수 있게 된' 경험을 나누고자 할 뿐이다. 글쓰기와 책쓰기는 내게 삶이니까. 나는 당신에게 삶을 권하는 거다.

거저 얻을 수 있는 것은 아무것도 없다. 땀 흘린 만큼 결실을 맺는다. 워낙 속도 빠른 세상이라 노력은 적게 하고 성과는 빨리, 크게 보려는 습성이 유행한다. 시간과 노력을 들이지 않는 열매는 빨리 상하기 마련이다. 멈추고, 돌아보고, 생각하고. 그리고 쓰고 읽는 시간이야말로 삶을 단단하게 만들어주는 노동이다.

막노동판에서 제대로 배웠다. 대충 뭉개면서 시간만 보내면 일은 끝나지 않는다. 새벽바람 맞으며 현장에 도착해보면 한숨이 절로 난다. 그러나 반드시 끝난다. 수백 장 벽돌을 나르는 유일한 방법은 한 번에 한 장씩 통에 담는 것이고, 산더미처럼 쌓인 모래를 옮기는 최선의 방법은 한 번에 한 삽씩 퍼 나르는 거다.

책 쓰는 일은 인생과 닮았다. 매일 살아야 하고, 살아내는 만큼 채워지고, 채워진 만큼 보람도 있고, 그 모든 과정을 세상과 나눌 수도 있다.

돌아보면, 어떻게 여기까지 왔을까 싶다. 썩 좋아하는 단어는 아니지만, '기적'이라는 말밖에 표현할 길이 없다.

하얀 종이와 까만 글자. 나는 오늘도 기적을 쓴다.

문장노동자

이은대